The Womanizer

Verbotene Lust!

Sex ist mein Leben

The Womanizer

Verbotene Lust!

Sex ist mein Leben

Bibliografische Informationen der Deutschen Nationalbibliothek
Die Deutsche Nationalbibliothek verzeichnet diese Publikation in der
Deutschen Nationalbibliografie; detaillierte bibliografische Daten sind
im Internet über dnb.dnb.de abrufbar.

Printed in Germany

ISBN 978-3-7460-4353-1

Herstellung und Verlag: BoD – Books on Demand, Norderstedt

Verbotene Lust!

Sex ist mein Leben

The Womanizer

Inhaltsverzeichnis

Verbotene Lust!

Verbotene Lust

Meine Trilogie „Ich, der Fremdgeher" ist abgeschlossen, doch meine Abenteuer gehen weiter. Es gab und gibt so viele davon, dass ich 10 neue Bücher füllen könnte mit jeweils 1000 Seiten, doch diese Zeit habe ich nicht.

Aufgrund der großen Nachfrage habe ich mich aber entschlossen, Euch einige Highlights meiner Vergangenheit – fast alles davon unveröffentlicht – niederzuschreiben und nachzureichen. „Verbotene Lust" nenne ich das Werk, da das, was ich treibe, eigentlich verboten ist. Schließlich gehe ich fremd.

Tja, arme Andrea. Meine Frau. Ich liebe sie über alles und bin ihr so dankbar dafür, dass ich sie habe. Sie hat mir die 2 größten Schätze meines Lebens, meine Kinder John Paul und Anna Lina, geschenkt. Sie ist die einzig wahre Frau für mich, von ihr werde ich mich niemals trennen. Sie ist mein Ein und Alles. Und trotzdem kann ich nicht anders, als ihr sexuell untreu zu sein. Warum? Weil ich halt ein Womanizer bin. Ich habe Sex im Blut. Weit über 1000 Frauen habe ich schon gehabt: mit ihnen geschlafen, sie verwöhnt, mir einen blasen lassen, geile Orgasmen erlebt, aber auch der eine oder andere grobe Reinfall stand auf dem Programm.

Andrea – Gott sei Dank – hat von meinen wilden Eskapaden und von meinem Zweitleben nie etwas mitbekommen, zu sehr liebt und vertraut sie mir. Ich bin ja auch tricky unterwegs, weiß, meine Bettgeschichten geschickt einzufädeln und außerhalb auszuleben, ohne dass sie etwas mitbekommt. Als Boss einer eigenen Firma bin ich viel unterwegs, das gibt stets gute Gelegenheiten.

In „Verbotene Lust" führe ich Euch in meine bewegte Vergangenheit und präsentiere Euch einige Raritäten und Perlen meiner sexuellen Lust. Da ich meine Abenteuer stets dokumentiere, weiß ich genau Bescheid und kann Euch detailgenau das schildern, was ich erlebe, wovon andere Männer nur träumen. Mein Dong hat schon so viel gesehen, das reicht für andere Männer für 10 lange Leben.

Auch wenn diese Lust eigentlich „verboten" ist, so ist sie für mich ganz normal. Ich sehe auch nichts Schlimmes daran, dass ich mich sexuell auslebe und mir meinen Spaß in anderen Betten hole. Ich verletze meine Frau Andrea ja nicht, sie kennt halt nur nicht die volle Wahrheit. Und die wird sie auch nie erfahren.

Sonst … tja, dann würde sie mich wohl auf der Stelle mitsamt der Kinder verlasen. Oh, das würde ich nicht ertragen. Daher lebe ich weiterhin meine „Verbotene Lust" heimlich aus und freue mich, Euch anonym und in aller Deutlichkeit darüber berichten zu können.

Jetzt wünsche ich Euch viel Spaß und Lesevergnügen mit meinen Perlen. Möge der Saft auch mit Euch sein!

Silva

Kein Rechtschreibfehler. Sie hieß Silva, nicht Silvia. Ein seltener, aber schöner Name. Silva lernte ich bei einer Hypnose kennen, der ich mich unterzog. Als Big Boss bin ich eigentlich ein Supermann, aber auch ich hatte und habe bestimmte Ängste und Zweifel in mir, die ich aber keinem sage. Hin und wieder wachte ich nachts beklemmt auf und hatte die Vision eines Unglücks. Schlimm, schlimm.

Auch in meiner Schulzeit lief nicht alles rund. Ich wurde gemobbt von einigen Schulkollegen, das ging nicht spurlos an mir vorbei. Mittlerweile ist das längst Vergangenheit, ich habe es allen gezeigt, bin ein Alphamann geworden, erfolgreich, gutaussehend, finanziell stark, glücklich und gesund, doch manche negative Suggestion steckt noch tief in mir.

Ich erkundigte mich nach psychotherapeutischen Möglichkeiten und stieß auf Silva, die sich als Hypnotiseurin einen richtig guten Namen gemacht hatte. Eigentlich war es nicht der Name, der mich überzeugte, sondern ihr Aussehen. Ich sah ein kurzes Teaser-Video von ihr, wo sie sehr sexy und fast schon verrucht sich und ihre Dienstleistung vorstellte.

Wenn ich mich hypnotisieren lasse, dann nur von der, stand mein Entschluss fest. Ich erzählte Andrea vom Vorhaben und sie meinte: „Ja, mach das ruhig, Schatz, das kann Dir nur gut tun." Ich rief Silva an und buchte einen Termin. 1 Woche später saß ich ihr an einem späten Nachmittag in ihrer Augsburger Praxis gegenüber.

Sie war noch hübscher als auf dem Video und den Fotos, die ich auf ihrem Facebook-Profil alle durchgeklickt hatte. Etwa 1,70 m groß, schlank, Anfang 30, mittellange und blonde Haare, wunderschöne, strahlende Augen. Ihre rechte Hand, die sie mir zur Begrüßung reichte, war butterweich und präsentierte rot lackierte Fingernägel. Geil! Ich setzte mich und erklärte ihr, was mein Anliegen sei. Silva hörte sympathisch zu und schrieb fleißig mit. Nach ½ Stunde Gequatsche stand nun die Hypnose an.

Noch nie zuvor hatte ich mich in meinem Leben hypnotisieren lassen. Was würde mich erwarten? Würde ich meinen Verstand verlieren, ihr ausgeliefert sein? Ich war so zittrig-gespannt und schloss meine Augen, während mich Silva mit sanfter Stimme in tiefe Entspannung führte.

Ich konnte mich gut fallen lassen und lauschte ihrer attraktiven Stimme. Sie schenkte mir eine Fantasiereise, in der ich einiges bearbeitete, alte, negative Programme löschen und neue, positive verankern durfte. Während der Hypnose kam sie mir mehrmals sehr nah, was ich zwar nicht sah, aber spürte. Sie hauchte wiederholt bestimmte Botschaften in mein Ohr hinein und ich atmete ihren Duft unbemerkt ein. Nach Vanille roch sie.

Dann holte sie mich wieder zurück und wir unterhielten uns professionell über das Erlebte. Sie empfahl mir mindestens 3 weitere Hypnose-Sitzungen, um den Erfolg auch zu festigen. Ich willigte ein und verabschiedete mich mit einer kleinen Umarmung inklusive Bussi links und rechts, was sie nicht nur duldete, sondern auch aktiv mitmachte. Ein gutes Zeichen.

Als ich am Abend mit Andrea schlief, schlief ich eigentlich mit Silva. Ich stellte mir die hübsche Blonde intensiv vor und kam heftig in ihr bzw. in Andrea. Ich musste diese Silva haben, soviel stand fest.

Der zweite Termin sollte mir tatsächlich meinen großen Wunsch erfüllen. Silva begrüßte mich herzlich und fragte mich, wie es mir geht. „Sehr gut", sagte ich, „die Hypnose hat mir echt gut getan und ich fühle mich hier bei Dir, äh, bei Ihnen sehr wohl." „Passt schon mit dem Du", säuselte sie mich an und machte mir schöne Augen. Auf ihre Frage, wie die Hypnose bei mir nachgewirkt hat, antwortete ich ihr:

„Am Abend danach habe ich echt geilen Sex mit meiner Frau gehabt, aber, ganz ehrlich, habe ich dabei an Dich denken müssen." Ui, riskante Anmache, aber ich konnte nicht anders. Mein Gefühl sagte mir, dass ich es wagen konnte. Und ich hatte Recht. Silva grinste mich verwegen an und meinte: „Ach ja? Echt? Und, wie war's?" „Ziemlich gut", antwortete ich, „ist mir zwar echt peinlich, Dir das zu verraten, aber ich wollte und sollte doch ehrlich sein."

„Das ist auch gut so", kam von Silva zurück, die nun mehr über meinen 3D-Sex mit ihr wissen wollte, um therapeutisch dann die Hintergründe für mein Erlebnis richtig zu deuten. Ich wusste genau, auf was das hinauslaufen würde. Ich wurde während ich erzählte immer spitzer und sie auch, das konnte ich sehen. Ihre Hände wurden unruhig und sie gewährte mir nun schon einen tiefen Einblick zwischen ihre Beine.

Der kurze Rock, den sie trug, wurde immer kürzer. Der Erotik-Talk ging in die Hypnose über, die aber keine richtige Hypnose wurde. Ich sollte mich gemütlich hinlegen und meine Augen schließen, doch Silva kam während der Induktion immer näher und küsste auf einmal zärtlich meinen Hals. Ich genoss es und wehrte mich nicht. Plötzlich spürte ich ihre Hände an meiner Hose. Ich hielt die Augen krampfhaft-entspannt geschlossen und ließ die Expertin machen.

Das nächste, was ich spürte, was ihr Mund, wie er meinen Penis küsste und verschluckte. Oh my God! Dieses Therapeuten-Luder machte nun ernst. Unfassbar geil blies sie mir einen, bis ich kam. Ich zuckte und stöhnte meinen Orgasmus heraus, während mein Sperma ihren Mund füllte und den Weg in ihren Körper fand, denn sie schluckte alles weg.

Dann folgte die Hypnose. Sie schickte mich weit weg und ich durfte wieder negative Bilder aus meiner Vergangenheit bearbeiten und mit einem neuen, positiven Gefühl abspeichern. Als sie mich zurückholte und ich meine Augen öffnete, staunte ich nicht schlecht. An ihrem Mund klebte Restsperma von mir, sie sah so unbeschreiblich süß aus in diesem Moment.

Ich küsste ihr den Klecks weg und meinte glücklich: „Also mir geht es jetzt nach der Hypnose bombastisch gut!" Sie lächelte und wir besprachen das hypnotisch Erlebte professionell und für mich gewinnbringend. Ich dankte Silva für die tolle Sitzung und freute mich schon auf den nächsten Termin. Dieser lief genauso geil ab wie der vorherige. Nach enger Begrüßung und einem guten Gespräch bat sie mich, mich auf die Hypnose vorzubereiten. Während ich es mir schön gemütlich machte, sah ich, wie sie ihre Haare zusammenband, was nur bedeuten konnte, dass sie sich auf den Blowjob vorbereitete.

In der Tat, dieser folgte Minuten später, als ich meine Augen geschlossen hatte und am Entspannen war. Nach einer zärtlichen Kusssalve an Hals und Brust nahm sie wieder meine Edelmann in Hand und Mund und befriedigte ihn optimal. Selten habe ich bei einem Blowjob die Augen geschlossen, normal sehe ich viel lieber zu, aber hier musste ich blind genießen, das waren wohl die Spielregeln.

Diesmal aber wollte ich nicht so schnell kommen wie bei Blowjob Nr. 1, da waren es gerade mal 3 oder 4 Minuten gewesen. Ich gab mir größte Mühe, mein vollsteifes Glied unter Kontrolle zu halten, doch Silvas Blase-Technik war einfach zu gut. Mit einer Hand kraulte sie meine Eier, mit der anderen machte sie gute Auf-und-Ab-Strokes, gemeinsam mit dem Mund, während ihre Zunge meine Eichel umkurvte.

Ich holte tief Luft und kam auch schon voll. Sie atmete laut und schluckte brav meinen Samen weg. Schön masturbierte sie mich 1 Minute lang aus, dann wischte sie sich, ihn und alles sauber, steckte ihn wieder ein und startete mit der Hypnose. Das Gespräch danach verlief super und ich küsste sie zum Abschied fast auf ihre Lippen.

Session 3 sollte eine ganz besondere werden, denn ich beschloss, aufs Ganze zu gehen. Silva erwartete mich wieder in kurzem Rock und schicker Bluse, ihre Blicke waren verführerisch und sexy. Im Vorgespräch erzählte ich ihr über meine Erlebnisse der Woche, meinte aber dann: „Du, so kann das einfach nicht weitergehen." Silva blickte mich erschrocken an: „Was meinst Du genau?"

„Na, dass Du mir jedes Mal einen Blowjob gibst." „Gefällt es Dir denn nicht?", fragte sie mich erstaunt. „Doch, aber so einseitig kann ich nicht spielen. Ich möchte Dir etwas zurückgeben." „Wie meinst Du das?" „Schließe Deine Augen und warte ab", verführte ich sie. Tatsächlich schloss sie ihre Sehmurmeln. Ich stand auf, kniete mich vor sie und betrachtete sie. Silva atmete aufgeregt vor sich hin, sie schien schon zu wissen, dass meine Lippen etwas Spezielles vorhatten. Ich küsste sie zärtlich auf den Mund, was sie mit sich machen ließ. Mehr, sie küsste fleißig mit.

Ich küsste sie leidenschaftlich, so, wie Frauen halt geküsst werden wollen. Dann wanderte ich tiefer. Meine Hände kneteten ihre Brüste durch und streichelten tiefer ihren trainierten Bauch entlang bis zur Rockgrenze. Dann küsste ich ihre Knie und ihre freiliegenden Oberschenkel, immer höher, bis ich die Wahrheit sah: Sie hatte nichts drunter. Kein Höschen an!

Eine wunderschöne, kahl rasierte, gut duftende Muschi funkelte mich an. So ein Luder! Ich berührte mit meinen Händen ihren Venushügel und massierte ihn bis zu ihrer Klitoris, die schon mächtig geschwollen war. Dann tauchte mein Kopf ins Paradies ein und ich leckte ihre empfindlichste Stelle. Silva hatte die Augen eng geschlossen und krampfte sich mächtig an den Sessellehnen fest.

Ich saugte an ihrem Kitzler herum und bereite ihr dann mit meiner besonderen Leck-Technik einen Orgasmus der Extraklasse. Silva stöhnte laut-leise ihre Lust aus und griff mir fest in die Haare. Dann entkrampfte sie und ließ sich fallen. Ich aber weiß, dass Frauen multiple Kommerinnen sind, vor allem bei mir, und machte weiter.

Silva verstand und war schon wieder geil und feucht. Oder noch immer? Egal. Ich küsste ihre Schamlippen auf und ab und saugte ihre Clit mit Pulsationen meiner Zunge ein. Silva stöhnte heftiger als zuvor und musste sich beherrschen, nicht vom Stuhl zu fallen. „Ah! Ah!", stöhnte sie und kam zum zweiten Mal. Ich schlürfte sie trocken, küsste mich wieder hoch bis zu ihrem Mund und beendete meine Hypnose mit einem saftigen Kuss auf ihre Lippen.

Die blonde Schönheit öffnete ihre Augen und strahlte mich glücklich an. Wortlos kam sie auf mich zu und wollte sich revanchieren. Mit ihren Händen schloss sie meine Augen zu und küsste mich wieder über Nacken, Hals und Brust runter zu meiner Hose. Dann in meine Hose hinein. Geil. Ihr Blowjob war der Hammer! Sie gab sich ordentlich Mühe, mir das Beste vom Besten zu schenken, was ihr auch gelang. Diesmal arbeitete sie mehr mit Mund als mit Hand. Als ich kam, hörte ich die Engel singen und zuckte wie ein Affe unter Strom. Verdammt geile Blowjobs hatte sie drauf, diese Silva.

Silva machte mich auf dem Hypnosesessel sehr glücklich. Dasselbe verruchte Spiel wiederholten wir noch zweimal, dann musste ich die Hypnose-Sessions leider beenden, sonst wäre es für Andrea auffällig geworden. Ich dankte Silva für die tolle Zeit und das Vertrauen und versprach ihr, das Ganze in naher Zukunft, wenn sich die Gelegenheit bieten würde, zu vertiefen.

Sie nickte kräftig und wünschte mir mit einem Schmatzer alles Gute. „Das nächste Mal möchte ich aber mit Dir schlafen", hauchte sie mir noch ins Ohr. Ich nickte: „Ja, das machen wir, Süße."

Maskenball

Wenn ich mit Frauen schlafe, will ich sie sehen, ich will wissen, wer sie sind und auch eine erotische Stimmung mit ihnen aufgebaut haben. Das ist für mich sehr wichtig. Anders bei meinem Maskenball-Wochenende in Berlin. Ich musste von Donnerstag bis Sonntag in die Hauptstadt, um dort ein paar neue, jüngere Kollegen zu schulen.

Das Hotel Adlon war schick und luxuriös, mein Zimmer glich dem eines kleinen Palastes. Schon auf meinem Weg nach Berlin im Zug googelte ich nach Bordellen und Sex in Berlin, da stieß ich auf einen mir bis dato unbekannten Swinger-Club, der mit einem Maskenball-Wochenende warb. Ich war schon ein paar Mal in Berlin gewesen, hatte immer ein paar nette Abenteuer erlebt, aber dieser Club war mir neu.

Freitag und auch Samstag kamen für mich infrage, also fieberte ich ungeduldig hin. Der Freitag verlief gut und erfolgreich, ich hatte meine Arbeit erledigt und machte mich auf in den „Sexy Star Club". 150 Euro kostete mich der Eintritt, der ein leckeres Buffet, die Nutzung von 3 Saunen und mehreren Swimming-Pools inkludierte.

In der großen Männer-Umkleide war schon einiges los, die Herren, manche jung, manche alt, manche dünn, manche dick, zogen sich aus und suchten sich aus bereitgestellten Utensilien ihre Verkleidung des Abends aus.

Motte des Abends war ja Verkleidung, verbunden mit dem Reiz, seinen Sex-Partner eben nicht identifizieren zu können. Das hat etwas Mystisches, sehr Reizvolles an sich. Ich entschied mich für das Zorro-Kostüm, legte den Mantel um und die Gesichtsmaske an. Bereit begab ich mich ins Zentrum des Clubs an die Bar, wo sich schon einige Paare gefunden hatten und fleißig befummelten.

Schnell wurde ich von einer dunkelhäutigen, etwa 40-Jährigen angesprochen, doch die ließ ich links liegen, genauso wie einen schönen, jungen Körper, wo mir die Stimme leider nicht gefiel. Tja, das Gesamtpaket muss halt schon stimmen.

Zufällig rempelte mich Superwoman an. Ich blickte sie an und sah einen fantastischen Körper durch das hauteenge Latexkostüm durchscheinen. Wir kamen ins Gespräch und entschieden uns nach nur 5 Minuten für uns. Ich nahm sie an die Hand und wir suchten uns ein freies Bett. Gruppenräume sind nicht so meines, also entschieden wir uns für ein kleines Zimmer in Zweisamkeit.

Meine mysteriöse Sex-Partnerin ging ordentlich zur Sache. Ohne zu zögern öffnete sie meinen Mantel, drückte mich auf das Bett und blies mich steif. Ich genoss und betrachtete sie. Sie hatte lange, blonde Haare, die ihr hinter der Maske herunterhingen. Ihre Hände waren jung, ich schätzte sie auf 25. Ihre Figur war astrein, gut trainiert, sportlich.

Meine Hände streichelten sie nun zwischen den Beinen, wo das Kostüm bewusst an Material gespart hatte. Ihr kleiner Büschel Schamhaare verschwand in meiner Hand und ich ertastete dazwischen ihre Klitoris, die stark pulsierte. Geistesgegenwärtig schnappte ich mir ein rotes Kondom vom Nachttisch und stülpte mir es über. Schon nahm Superwoman auf mir Platz und begann mich zu reiten.

Es fühlte sich echt super an. Superwoman halt. Lasziv bewegte sie sich auf und ab. Leider kam in diesem Moment ein anderes Paar dazu, das sich auf eine Matratze am Boden 2 m neben uns legte und mit der Arbeit begann. Schnell wurde ich zum Spanner, denn der Kerl hatte ein drittes Bein.

Sein Penis war mindestens 24 cm lang und ebenso steif. Seine Sex-Workerin blies ihm gut einen. Sie war ebenso blond und schlank wie meine und konnte auch kaum älter als 25 sein. Verkleidet war sie als Dornröschen, halt plus Augenbinde und Halbkopfmaske. Sie blies immer weiter, bis der Kerl abspritzte. Es sah so geil aus, wie ihre kleine Hand seinen Monsterdong zu Ende wichste, eigentlich hätte sie 4 Hände benötigt.

In dem Moment überschritt ich meinen point of no return und spritzte meine Ladung ins Gummi. Auch Superwoman wurde nervös und zuckte sich ihren Orgasmus. Wir ruhten uns aus und kamen mit dem Pärchen neben uns ins Gespräch. Thema wurde natürlich seine Riesenkrake.

Er meinte, dass ein langer Schwanz nicht nur Vorteile habe. Einige Frauen fänden es geil, andere abstoßend. Genügend Frauen wollen nicht mit ihm schlafen, weil sie Angst davor hätten. Vor Schmerzen und so. Superwoman aber meinte, sie fände seinen Dick geil und wolle ihn mal anfassen. Gesagt, gefasst. Sie krabbelte zu ihm herunter und nahm ihn in die Hand. „Wow", stöhnte sie, „so einen Penis habe ich noch nie gehabt, so lang."

Mir war schon klar, dass Superwoman mich betrügen würde und ihre nächste Runde lieber mit Mr. Long Dog Silver bestreiten würde als mit mir. Aber es war mir egal, denn längst war Dornröschen in meinem Arm und knetete dafür an meinem Penis herum. 5 Minuten später gab es in diesem Raum 2 Blowjobs zu sehen: Superwoman blies Mr. 24 or more, Dornröschen blies mich.

Dornröschen war fantastisch gut in Form und verwöhnte meinen Penis nach allen Regeln der Blas- und Wichskunst. „Deiner ist viel schöner als der lange", flüsterte sie mir ins Ohr und küsste ihn gut. Superwoman wollte das dritte Bein erlösen, aber es gelang ihr nicht. Die Giraffe wurde einfach nicht mehr richtig steif. Meiner dagegen war härter als das beschissene Leben.

Glücklich masturbierte mich das Dornröschen zu meinem Orgasmus, der kräftig ausfiel und ihre Hand voll besudelte. Wir blickten triumphierend runter zu den Losern, die es einfach nicht schafften, uns gleichzuziehen. Nach ein paar Minuten gab Superwoman auf. Long Dick meinte, er könne jetzt gerade nicht mehr kommen, das würde noch ein wenig dauern, bis alles wieder aufgefüllt sei. Das hast du jetzt davon, blöde Superwoman, dachte ich mir.

Glücklich begab ich mich mit meinem neuen Fang an die Bar und soff Cocktails. Ich erfuhr, dass sie tatsächlich 25 Jahre alt war und im richtigen Leben eine Stewardess. Unsere Konversation war gut, trotzdem überlegte ich, mir für meinen dritten und letzten Orgasmus der Nacht eine andere Frau zu suchen. Doch Dornröschen war echt süß, also beschloss ich, die Nacht mit einem Fick mit ihr zu beenden. Dornröschen war alles andere als prüde, sie wollte diesmal im Großraum ficken.

Na gut. Wir begaben uns auf eine große Kuschelwiese und starteten das Spiel. Nach gutem Knutschen folge Petting 69. Dabei spürte ich, untenliegend, auf einmal 2 weitere Hände und 1 weiteren Mund an meinem Dong. Hoffentlich war es kein bisexueller Mann, dachte ich, und drückte Dornröschen etwas hoch, um etwas sehen zu können.

Und ich sah einen sexy Lady-Gaga-Verschnitt, auch so um die 25 bis 30 Jahre alt, die Dornröschen bei ihrer Arbeit an meinem Penis unterstützte. Ok, einverstanden. Doch kommen wollte ich in einer Pussy. Also schüttelte ich Dornröschen von mir herunter und besorgte es ihr Doggy Style, während die Lady Gaga abwechselnd Dornröschen und mich küsste. Geile Nummer!

Die Kunstfigur wollte nun ebenfalls von mir genommen werden, also tat ich das auch. Ebenfalls Doggy von hinten. Ja, Zorro ist der King! Lady G. wollte härter gefickt werden als das Röschen, was ja auch ihrem Image entsprach. Ich merkte meine Eier jucken und spürte den Orgasmus anrollen. Rasch zog ich meinen Penis aus Gagas Fotze, riss mir das Kondom herunter und hielt meinen Ständer den beiden Girls vors Maul.

Dornröschen war die schnellste, die kapierte, und wichste mich bis zum Orgasmus. Schnell übernahm die andere und spritzte mich ab. Geputzt wurde ich von beiden Mündern. Ich dankte beiden für den guten Sex, zog mich in der Kabine wieder um und schwand diskret in mein Hotel.

Vor dem Schlafen ließ ich das Geschehene Revue passieren und freute mich schon auf den kommenden Abend, wo ich das Spektakel wiederholen würde. Samstag. Arbeit ok. Aufgabe erledigt. Nun stand mein Freizeitvergnügen an. Andrea rief ich an und erzählte ihr, wie krass anstrengend der Tag gewesen sei und dass ich jetzt früh schlafen gehe. Sie küsste mir ihre liebevollen Worten durchs Handy und meinte: „Morgen Abend haben wir uns endlich wieder." Ja, aber bis dahin vergeht noch eine Menge Zeit, meine Liebe. Der Womanizer trat wieder ein in den Sexy Star Club und war gespannt, wie sich der Abend so entwickeln würde. Diesmal war Zorro leider schon vergeben, also entschied ich mich für den grünen Hulk.

Auf der Tanzfläche sah ich eine Frau tanzen, die mich mit ihren lasziven Bewegungen sofort anzog. Sie war die Doppelgängerin von Madonna, zeigte relativ viel Gesicht und hatte obenrum nur eine Augenmaske an. Ich tanzte sie an und mit ihr mit. Doch leider war auch Batman mit von der Partie, auch er wollte Madonna nageln.

Hulk von der einen, Batman von der anderen Seite versuchten, Madonna für sich zu gewinnen, doch die machte uns schnell klar: Alles oder nichts. So kam es, dass Hulk und Batman sich nebeneinander auf ein großes Bett legten und Madonna ihnen einen Double Blowjob verpasste.

So etwas mag ich überhaupt nicht, Sex in der Konstellation Mann/Frau/Frau, wenn, dann Mann/Frau/Frau oder Mann/Frau/Frau/Frau, aber ein zweiter Mann war immer tabu für mich gewesen. Und doch: Diesmal ergab es sich so. Und es war ok für mich. Madonna widmete sich gleichzeitig und abwechselnd unseren Penissen. Längst war meiner vollsteif, der von Batman noch nicht ganz.

Unsere Dongs waren fast genau gleich lang, auch gleich dick, aber sahen völlig anders aus: meiner schön und elegant, seiner einfach nur hässlich. Armer Batman, mit so einem dämlich aussehenden Penis gestraft zu sein. Egal. Plötzlich stöhnte der Schwarzmaskierte auf und kam. Sein Erguss war klein und mickrig. Madonna wichste professionell zu Ende, dann widmete sie sich komplett mir.

Schön blies sie exklusiv, bis ich kam. Mein Erguss war eine Kanone: Es spritzte hoch hinaus, Batman schaute mich mit großen Augen ungläubig an und Madonna grinste glücklich. Als Belohnung lutsche Madonna meinen Prügel sauber, jener von Batman blieb samenbeschmutzt.

Die Madonna hatte sich längst für mich entschieden und schickte Batman zum Teufel. Der zog als Loser von Dannen. Der blonde Lockenkopf war begeistert von mir und führte mich in die Sauna, wo wir nur mit Gesichtsverdeckung schwitzten und ich ihren nackten, geilen Körper bestaunen konnte. Ein Intim-Piercing war deutlich sichtbar. Eines? Nein, mehrere hingen da.

Ihre Brüste waren formschön und jung. Doch ganz für mich allein sollte ich sie nicht bekommen, denn sie stand wohl einfach auf Dreier. Schon griff sie dem Kerl, der neben uns in der Sauna saß, an den Schwanz und flüsterte ihm etwas ins Ohr. Der nickte brav.

Madonna zog ihn hoch und mich mit. Sie wollte schon wieder einen Double Blowjob geben, doch das wollte ich diesmal nicht mehr. Ich zog mich zurück und sah von der Bar aus zu, wie Madonna schnell einen zweiten Typen fand und in aller Öffentlichkeit wieder mit ihrer Arbeit an 2 Penissen startete.

Mir egal, dachte ich, ich werde eine bessere bekommen. Leider bekam ich eine deutlich schlechtere. „Hi, ich bin die Elfe Ivory", quatschte mich eine Mitt-30erin von der Seite an. Ihr Körper und ihre Stimme waren nett, also hatten wir Sex. Doch Sex war nicht die Stärke der Elfe. Viel zu ungeschickt blies sie und reiten konnte sie gar nicht. Mir war meine Kraft zu schade, also beendete ich den Fick und suchte mir eine andere.

Die fand ich in einem Engel von Charlie. Die Braunhaarige hatte ein Engel-Charlie-Kostüm an und offenbarte viel ihres niedlichen Gesichtes. Schnell waren wir beim Du und in einem Whirlpool, in dem wir knutschten und uns befummelten. In einem Zimmer fickte ich sie gnadenlos, bis ich kam. Sie hielt gut hin und konnte einiges ab. Ihre Pussy war rot und wund von meinen harten Stößen, doch zu viel wurde es ihr nicht.

Als ich kam, kam auch sie. Engumschlungen beendeten wir unsere Beziehung und ich schlürfte an der Bar 1 Bier, um Ausschau nach Frischfleisch für die dritte und letzte Runde zu halten. Da kam sie: Pippi Langstrumpf. Mein Gott, dieses Mädel war blutjung, konnte kaum 20 sein. Sie sah so bezaubernd als Pippi aus, einen Porno mit ihr hätte ich sofort gekauft.

Ich sprach die Rothaarige an und bot ihr nach 10 Minuten kindlichem Smalltalk meinen Penis an. Sie nahm mein Angebot lächelnd an und führte mich in ein Zimmer, in dem wir absolute Ruhe hatten. Gut. Schnell war sie nackt. Ein roter und senkrecht verlaufender Schamhaarstrich verzierte ihre niedliche Pussy. Schnell leckte ich am Gras und das Fleisch darunter. Es schmeckte zum Glück nicht nach Pippi.

Pippi grinste wie ein Ferkel und genoss meine Zungenspiele sehr. Nun drehte sie den Spieß um und masturbierte mich in Bereitschaft. Ihre Möse war irre eng und tat meinem Penis so gut. Ich liebe enge Mösen!

In der Missionarsstellung vögelte ich sie gut, dann seitlich Löffelchen. Rückwärts reiten war ihre finale Stellung, in der sie sich erlösen wollte. Sie kam und war aufgedreht wie Pippi in ihren besten Filmen. „Wie möchtest Du kommen?", fragte sie mich nett. „In Deinen Mund", antwortete ich, was sie bereitwillig mit sich machen ließ. Langsam lutschte sie meinen Penis auf und ab und wichste zwischendurch 2 bis 3 schnelle Züge mit der Hand. Geil war das!

„Ich komme!", schrie ich und sah zu, wie mein Penis ihrem hübschen, niedlichen Gesicht weitere, aber diesmal samige Sommersprossen schenkte. Pippi genoss meinen Orgasmus und freute sich mit mir. In meinem Arm fühlte sie sich so gut an, dass wir ½ Stunde nackt da lagen und einfach nur kuschelten.

„Ich bin aus München, nur über das Wochenende hier in Berlin, ich habe ein Zimmer im schönen Adlon. Wenn Du Lust hast, darfst Du gerne die Nacht bei mir verbringen, dann könnten wir heute noch mal schönen Sex haben und morgen in der Früh auch, ich muss das Hotel erst um 11 Uhr verlassen." Der Langstrumpf überlegte kurz, dann strahlte er mich an: „Ok, ich bin dabei!"

Wir verabredeten uns in 20 Minuten draußen am Parkplatz. Ich staunte nicht schlecht, als mich eine blonde Kurzhaarige ansprach. Sie hatte mich erkannt. Ich erkannte Pippi aber nicht wieder. Sie sah total anders aus. Aber sie war es. Sie trug kurze, blonde Haare, ca. 2 cm lang, einen frechen Igelschnitt. Auf der Straße wäre sie mir nicht aufgefallen, als Pippi schon.

Wir fuhren zu mir und machten es uns in meinem großen Bett gemütlich. Pippis Körper war jung und schön, und vor allem gierig. Sie verschlang mich, wie ein Tiger seine Beute. Nach einem 15-minütigen Blowjob in Slowmotion durfte ich ihre rötliche Muschi verwöhnen, dann ritt sie mich rücklings zu unseren Orgasmen.

Am Morgen schenkte mir Pippi noch einen Abschieds-Blowjob vom Allerfeinsten. Diesen durfte ich filmen, sie hatte nichts dagegen. Ich hielt voll drauf und sah, wie mein Penis ihr 10 Ladungen ins Gesicht jagte. Pippi grinste dabei so unverschämt frech in die Kamera, dass mir zusätzlich fast noch einer abging.

Ich dankte ihr für das geile Erlebnis und wünschte dem Igel alles Gute. Lang war meine Rückreise in der Bahn, doch ich hatte genug Zeit, mir noch einmal alle 6 Sex-Abenteuer vor Augen zu führen, die ich an nur 1 Wochenende erlebt hatte.

Ich war so glücklich und sammelte am Abend Nr. 7 ein, als ich Andrea auf dem Küchentisch fickte und dann glücklich und erschöpft mit ihr im Arm einschlief.

Monika

War etwas sehr Verbotenes, da sie verheiratet war und ihr Mann ein Geschäftspartner von mir. Dr. Erich Müller, 62, und ich stemmten gemeinsam ein Projekt, das er finanzierte. Er bezahlte mich praktisch für meine Dienstleistung. Aber nicht dafür, dass ich seine Gattin fickte. Wenn er das wüsste …

Monika war Mitte 30 und eine clevere Frau, sie hatte den Alten gewonnen und in Besitz genommen, ihn verführt, geheiratet und somit für sich ausgesorgt. Sie war sehr attraktiv, eine Lady mit Benehmen und Stil. Ich lernte sie beim Geschäftsessen kennen. Dr. Müller stellte sie mir als seine „bezaubernde Gattin" vor. Er hatte Recht: Bezaubernd war sie allemal.

Wir Herren schnürten unseren Deal und genossen dann das gute Essen im Nobel-Italiener. Als der Dr. auf Toilette war, kritzelte Monika schnell etwas auf die Serviette und steckte diese mir mit einem Augenzwinkern zu. Dr. kam schnell zurück und ich steckte den Lappen ebenso schnell weg. Der Abend war ein guter, das Essen lecker, die Konversation ergiebig, die geheimen Blickkontakte geil.

Als ich in meinem Auto saß, öffnete ich die Serviette und las: „Ruf mich an, morgen, 10 Uhr!" Und natürlich noch eine Mobilnummer. Ich ließ die Serviette im Auto zurück, nicht dass Andrea diese irgendwie bemerken würde. Die Nacht war kurz und schlaflos, da ich nicht genau wusste, was Monika vorhatte. Ich erfuhr es um 10 Uhr.

„Schön, dass Du mich anrufst", waren ihre ersten Worte. Nach 2 Minuten war klar: Sie wollte von mir gefickt werden. „Der Erich darf das aber unter keinen Umständen erfahren. Er glaubt felsenfest, dass ich ihm treu bin, aber das eine oder andere Abenteuer nebenher gönne ich mir, schließlich ist der Alte nicht mehr richtig potent", erklärte sie mir. „Und meine sexuellen Bedürfnisse muss ich ja irgendwie befriedigen."

Recht hatte die Elegante. Sie lud mich in ihr Ferienhaus am Starnberger See ein, in 2 Wochen: „Dann ist Erich nämlich für ein paar Tage drüben in Amerika, und wir sind ungestört."

Ich stimmte ein und freute mich auf das Date. Andrea erzählte ich von einem Geschäftstrip übers Wochenende nach Basel, sie kaufte es mir ab.

Ich verabschiedete mich mit einem großen Koffer, den ich ja eigentlich gar nicht brauchte, von meiner Andrea und fuhr los. Unterwegs kaufte ich noch 1 Strauß roter Rosen und fand mich 1 Stunde später an der Zieladresse ein. Eine wunderschöne Villa direkt am Starnberger See starrte mich an. Ich klingelte und Monika öffnete. Sie sah bezaubernd aus.

Ihre langen, braunen Haare hatte sie zusammengebunden, ihre schicken Klamotten saßen perfekt und zeigten die Silhouette eines traumhaften Frauenkörpers. Ihre Lippen waren rot nachgezogen und ihre Hände glitzerten diamantenbestückt. Ich durfte eintreten und ablegen. Nach Champus zeigte sie mir das Haus inklusive Outdoor-Sauna und Indoor-Swimmingpool und schließlich das Schlafzimmer, das zu unserem Liebesnest werden sollte.

Sie wollte es schön romantisch und hatte extra gekocht für uns. Es war köstlich. Genauso wie der Wein, den wir verköstigten. Dann wurde es spannend: Monika wollte mich. Sie drückte mich aufs Sofa und ließ sich in meine Arme fallen. Ich fing sie auf und küsste sie zärtlich auf den Mund. Sie küsste mit. Gut.

Meine Hände wanderten ihren Körper entlang, bis sie Schamhaare spürten. Die musste ich sehen! Ein dunkelbraunes, gut gestutztes Dreieck stand da. Währenddessen spielte Moni durch die Hose mit meinem Dong und wollte ihn an die frische Luft lassen. Schnell waren wir nackt und gerieten in heiße Leidenschaft. Sex im Bett? Ach was, das geht auch auf dem Sofa.

Ich leckte ein wenig ihre Klitoris an, doch Monika roch da unten nach Fisch. Nach Kabeljau oder Hering. Ach, keine Ahnung, jedenfalls war es fischig statt rosig. Also rubbelte ich mit der Hand weiter, bis sie mir ein Kondom hervorzauberte. Dieses nahm sie in den Mund und rollte es mir so über wie eine Prosti. Ich staunte nicht schlecht. Monika wollte nun gefickt werden. Ich wurde aktiv und drang als guter Missionar mit meinem 15 cm langen Prügel in sie ein.

Monika hatte diesen Fick sehr nötig, sie ging ab wie Schmidts Katze. Wild kreischend ließ sie sich durchschütteln und kam zu 3 Orgasmen. Dabei stöhnte sie wie eine hungrige Tigerin. Ich wollte dann von ihr geritten werden, doch leider war sie alle.

„Sorry, sorry", meinte sie erledigt, „Dein Fick hat mich erschöpft, ich kann jetzt nicht, ich brauche eine Pause." Meine Bitte, mir wenigstens mit Mund oder Hand die Erlösung zu verschaffen, interessierte sie wenig, denn schon hatte sie eine Zigarette an und kiffte befriedigt. Da saß ich nun, mit dem Kondom über meinem noch steifen Glied, ratlos und hilflos. Die blöde Kuh dachte echt nur an sich.

„Du kannst mich doch jetzt nicht mit einem Steifen verhungern lassen!", fuhr ich sie etwas gereizt an. „Keine Sorge, ich kümmere mich später um Dich." „Später? Das ist mir zu spät. Ich bin jetzt geil und mein Körper war auf einen Orgasmus eingestimmt, den will ich jetzt auch haben. Du hattest Deinen ja, und zwar mehrfach. Was ist mit mir?"

„Geduld, Geduld", lächelte sie mächtig. „Ich sagte Dir, ich kümmere mich später darum." Ich wurde pampig, stand auf und marschierte ins Bad, wo ich mir schnell die Palme wedelte und nach 60 Sekunden ordentlich ins Gummi abspritzte.

Liebe Frauen, Ihr müsst das verstehen, dass Männer, wenn sie erst mal einen Steifen haben, kommen MÜSSEN. Abbrechen oder hinhalten geht nicht, das ist Körperverletzung und emotionales Mobbing.

Als ich befreit zurückkam und mich mit einem zufriedenen Lächeln im Gesicht neben Monika setzte, ahnte die nichts Gutes. „Was hast Du im Bad gemacht?", fragte sie mit ein paar gedrückten Falten auf der Stirn. „Alles gut", gab ich zurück, „ich habe mich lediglich befreit." „Du hast Dir einen runtergeholt?" „Ich habe mich erlöst", war meine Wortwahl.

Monika war eingeschnappt und meinte, so etwas habe sie noch nie erlebt. Ich konterte und erklärte ihr die Sache mit der Körperverletzung und dem emotionalen Mobbing, was sie aber nicht verstand: „Ach, Du übertreibst maßlos." Um uns zu beruhigen, schlug Monika vor, ein wenig schwimmen zu gehen und dann in der Sauna zu relaxen. Ich war einverstanden.

Nackt schwammen wir ein paar Bahnen im Pool und kamen ins Knutschen. Monika war immer noch die ausgehungerte Tigerin, sie knutschte feucht und hemmungslos.

Mein Penis war längst wieder steif und in ihrer Hand. „Sorry wegen vorhin", flüsterte sie mir ins Ohr, „jetzt erlöse ich Dich." Ich lehnte mich an die Beckenabgrenzung und genoss, wie sie mir unter Wasser einen runterholte. Nach guten 5 Minuten kam ich. Mein Körper stieß mehrere Spermaladungen ins Wasser aus, das sich um uns herum ein wenig trübte. Aber die gute, teure Pumpe sorgte dafür, dass jedes Beweisstück rasch verschwand.

Glücklich war nun auch ich. Der Handjob war geil gewesen und in der Sauna konnten wir nun genießen. 2 Saunagänge absolvierten wir, dabei begutachtete ich Monikas Körper genau: Ihre Brüste waren gemacht, da gab es keinen Zweifel. Sie standen wie eine Eins und waren etwas groß für ihren doch so schlanken Körper. Ihr Bauch war schön trainiert, ihre Schenkel sexy, zierlich und ästhetisch. Ihr Po passte leider nicht ganz zu ihrem so schönen Erscheinungsbild, er war etwas zerknittert und kämpfte gegen Cellulite.

Endlich führte uns der Weg – nach einer gemeinsamen Dusche – in das riesige Schlafzimmer. Monika erfüllte mir nun meinen Wunsch, von ihr geritten zu werden. Leider war sie keine Reiterin der Klasse 1A. Sie bog mein steifes Glied mächtig durch, ich hatte Angst, es würde zerbrechen. Ihre Bewegungen waren viel zu klein und nichtsbringend, ich hätte mehr Auf-und-Ab erwartet und gebraucht.

Meine klaren Kommandos ignorierte sie fleißig. Immerhin kam sie zweimal in 20 Minuten. Dann schaute sie mich mit großen Augen an: „Und Du?" „Ich will auch kommen, aber so klappt das nicht. Lass mich nach oben." Wieder hinterfragte sie mit „Warum?", doch ich wich geschickt aus und hatte keine Lust auf eine erneute Diskussion. Schon war ich oben und in ihr drin. Jetzt stieß ich richtig zu und entlockte ihr so wieder diese lauten Schreie. Tief und harte fickte ich sie, das konnte der liebe Erich wohl nicht mehr. Nun bog ich auf meine Zielgerade ein und wollte kommen.

Monika holte mein Glied aus ihrer Fotze. Schnell war das Kondom ab, schon war er in ihrem Mund. Doch ihr Geblase war alles andere als Orgasmus förderlich. Sie knabberte derart seltsam an ihm herum, dass er zu erschlaffen drohte. Ich wichste mich selbst in ihr Gesicht zu Ende. Monika ließ mich machen und schluckte mein Sperma. Anschließend fragte sie wieder ihr „Warum?". Ich erklärte ihr schonungslos meinen Standpunkt, dass mir ihr Ritt sowie ihr Oralsex nicht sonderlich gut gefallen haben und ich so nicht kommen konnte. Sie begriff das nicht und meinte, die anderen Männer hätten damit kein Problem.

Sinnlos ist es, mit so einer Frau zu diskutieren. Mir war klar: Monika und ich passten sexuell nicht zusammen. So etwas gibt es. Zu ungeschickt und seltsam stellte sie sich an. Trotzdem blieb ich über Nacht und versuchte am nächsten Tag erneut mein sexuelles Glück. Monika lernte nicht dazu. Dreimal hatten wir Sex, und immer wieder versuchte sie, mich mit ihrem komischen Mundsport und ihrem Minibullen-Reitstil zum Höhepunkt zu bringen. Doch es gelang ihr nicht. Also kam ich zweimal in ihr, während ich sie fickte, und einmal ließ ich sie schön durchwichsen, das konnte sie besser.

Ihre 5 bis 6 Orgasmen machten sie glücklich, doch mir war klar, dass dieses Wochenende das erste und letzte mit ihr gewesen war. Ich dankte Monika für die nette Zeit und wir vereinbarten, Stillschweigen gegenüber Dr. E. Müller zu bewahren.

Dr. Müller und ich brachten unser Projekt erfolgreich zu Ende, bei Geschäftsessen sah ich Monika noch, dann trennten sich unsere Wege. Monika versuchte mich noch ein paar Mal, für ein weiteres Date zu überzeugen, doch ich lehnte konsequent ab. Solchen Frauen muss man die Grenzen aufzeigen.

Was bringt es mir, unbefriedigenden Sex zu erhalten von einer Frau, die nicht gut im Bett ist? Die nicht blasen kann und von Reiten so viel Ahnung hat wie ein Fisch vom Brötchen backen. Nein, ich bin der Womanizer, ich finde schnell eine bessere, die mich zu nehmen und zu verwöhnen weiß. Der Zufall spielte mit, und schon wenige Tage später befand ich mich im Bett des 20-jährigen Playboy-Bunnys Anastasia.

Anastasia & Kylie

20 Jahr, blondes Haar – das war Anastasia. Wir casteten für eine neue TV-Show ein paar richtig hübsche Models, die nicht sprechen, sondern nur gut aussehen sollten. Hübsches Beiwerk sozusagen. Ich ließ es mir als Playboy, der ich ja durch und durch bin, natürlich nicht nehmen, persönlich dieses Casting zu leiten.

Über 100 attraktive junge Frauen saßen in der Halle und warteten auf ihre Kurzauftritte. Der Tag verging wie im Paradies: Eine sexy Lady nach der anderen bezirzte uns mit schönen Posen und strahlenden Augen. Am liebsten hätte ich sie alle genommen, doch gesucht wurden nur 5. Meine Wahl fiel schließlich, nach Absprache mit meinem Team, auf Lisa, Heidi, Tamina, Kylie und Anastasia.

Diese 5 beorderte ich nacheinander in mein Office, wo ich ihnen den Deal, ihre Aufgaben und Gage verriet. Ich verhielt mich offen und charmant, aber nicht sexuell drückend. Lisa war die erste. Sie war 22 Jahre jung und groß, knappe 1,85 m, dafür äußerst schlank. Die Münchnerin bedankte sich artig und wir unterhielten uns gut. Heidi sah aus wie das hübsche Mädel von nebenan, doch mein Typ war sie irgendwie nicht, sie passte aber gut ins Bild. Ihre Haare waren mir zu kurz, ihr Gesicht zu asymmetrisch, ihr Körper offenbarte eine schöne Figur.

Heidi flirtete gut mit mir und machte mir im Gespräch mehrfach schöne Augen, doch Interesse hatte ich an ihr nicht, also verhielt ich mich ganz seriös und schickte sie dann wieder raus.

Tamina war eine dunkelhäutige Schönheit. Wer auf diesen Typ Frau steht, für den wäre Tamina die perfekte Wichsvorlage. Ich bevorzuge nicht so sehr Frauen aus diesen Kulturkreisen, also kam sie für mich auch nicht infrage. Ihre lockigen und langen Haare reichten fast bis zu ihrem knackigen Po hinunter, ihre langen, dünnen, schwarzen Finger konnte ich mir nicht so recht um meinen sauberen Dong vorstellen. Also raus und Kylie rein. Die war mein Ding: 1,70 m, 52 kg schlank, wunderschönes Gesicht, 24 Jahre jung und einfach eine supersexy Erscheinung.

Ihre hellbraunen Haare trug sie die halbe Wirbelsäule hinab, offen und frisch gewaschen. Viel Make-up brauchte Kylie nicht, sie strahlte einfach so. Ihr Mund war so süß, den hätte ich gerne mit einem Mon Chéri oder Duplo gefüttert. Am allerliebsten mit meinem Schwanz. Leider sprach Kylie auf meine diskreten Annäherungsversuche nicht an, entweder sie schien es nicht zu bemerken oder sie ignorierte diese bewusst.

Risiko eingehen wollte ich nicht, also fuhr ich 1 Gang zurück und beließ es bei der Arbeit. Ich hatte schon fast aufgegeben für den Tag, dann kam Anastasia. Sie fiel mir um den Hals und drückte mir ein Bussi auf die Backe: „Danke, dass Du mich genommen hast, vielen Dank", säuselte sie los. Ich horchte auf. Sie schien sehr offen zu sein und ging mächtig ran.

Strahlend machte sie mir schöne Augen und Beine und erzählte mir, dass dies nach dem Playboy ihr nächster großer Auftritt sei. Ich fragte nach: „Playboy? Wie meinst Du das?" „Na, das Magazin", antwortete sie, „in der nächsten Ausgabe bin ich drin." Als sie ihr iPhone zückte und mir ein halbnacktes Bild von sich präsentierte, glaubte ich ihr.

„Barbados", strahlte sie. Das war nicht der Name ihres Freundes, sondern des Ortes, auf dem das Foto entstand. Sie war oben ohne darauf zu sehen. Sie musste mein Interesse bemerkt haben, also scrollte sie weiter und präsentierte ein weiteres Foto, wieder oben ohne. Wunderschön. Das Foto. Wunderschön auch sie. Ich bekam langsam aber sicher einen Steifen in der Hose, was Anastasia aber nicht sehen konnte. „Hast Du nur oben ohne geshootet oder auch ganz nackt?", fragte ich forsch.

„Natürlich auch ganz nackt", war ihre forsche Antwort. Blickkontakt. 5 Sekunden. 10 Sekunden. 15 Sekunden. Schließlich platzte es aus mir heraus: „Und, darf ich diese Bilder auch sehen? Hast Du welche dabei?" „Klar", lächelte sie verdorben und wartete wieder bewusst ab. Sie spielte mit mir. „Zeigst Du sie mir heute Abend nach einem schönen Essen beim Italiener?"

Yes, der Womanizer hat einfach die besten Tricks auf Lager. Genial, diesen Flirt so auf die nächste Stufe zu bringen, oder? Ihre Antwort konnte nur JA lauten. Hoffte ich. Und Gott sei Dank nickte sie brav und gab mir ihr Ja-Wort.

Wir verabredeten uns für 19 Uhr bei Don Camillo, einem leckeren Italiener im Herzen Münchens, den ich gut, aber meine Frau Andrea nicht kennt. Dort bin ich hin und wieder für Geschäftsmeeting oder Meetings wie diesem mit Anastasia. Andra bekam natürlich die Geschäftsstory aufgetischt und ich fuhr am frühen Abend zu Camillo.

Die Anastasia wartete schon am Eingang, sie war ganz in Rot gekleidet. Einfach umwerfend sah sie aus. Im Restaurant begutachtete ich sie genauer: ihre Haare waren dunkelblond mit rötliche Strähnen, etwa 40 cm lang, ihre Figur glich der eines Top-Models, ihre Lippen waren voll und sinnlich, Zähne schön und gesund, Hände zart und niedlich, Beine haar- und cellulitefrei.

Anastasia war russischer Herkunft, sprach aber perfekt Deutsch, weil sie in Nürnberg geboren wurde. Wir unterhielten uns gierig und angeregt. Als ich den richtigen Moment erspürte, fragte ich sie nach dem versprochenen Foto, doch genau in diesem Moment kamen die Vorspeisen dazwischen. Scheiß Kellner. Wir aßen die Suppen, sie waren gut. Ebenso die Pizzen und das Eis zum Nachtisch. Glücklich seufzte und schnalzte Anastasia, glücklich seufzte und schnalzte ich.

„So, jetzt aber, jetzt gibt es keine Ausreden mehr, lass schon sehen", forderte ich sie final auf, sich mir nackt zu zeigen. „Ok", hauchte sie mir zu und rückte mit dem Stuhl näher an den meinen heran. Sie startete die Foto-Show mit denselben 2 Fotos, die ich schon kannte. Diesmal hatte ich Zeit und betrachtete die Fotos genau. Netterweise gab sie mir ihr Handy in die Hand und ich zoomte erstmal richtig schön heran, um alles Gezeigte bestmöglich erkennen zu können.

Was folgte, war Foto Nr. 3. Alles ohne. Anastasia lag auf dem Sand und wurde von oben geknipst. Ein wunderschön definierter Körper war zu sehen, makellos. Eine blank rasierte Muschi machte das Barbados-Paradies perfekt. Dazu ein überaus leidenschaftlicher Blick in die Kamera. Geil! Ich hatte wieder einen Ständer, den Anastasia diesmal sah. „Hey, was sehe ich da?", stupste sie mich neckisch an und deutete auf meine Hose. Die Delle war nicht zu übersehen.

Ich grinste nur und widmete mich wieder dem Foto. Ich scrollte weiter. Und noch eines ganz nackt. Hüllenlos, wie Gott sie geschaffen hatte. Diesmal saß sie auf einem Hocker und zog alle Blicke auf sich. Diese Frau war ein Sex-Luder. Sie musste es faustdick hinter den Ohren haben, mit so einer Ausstrahlung, so einem Blick und solch einem exquisiten Körper.

Ich ging in die Offensive: „Wunderschöne Fotos, aber was ist da alles bearbeitet an Dir?", fragte ich sie mit fragender, ernster Miene. „Nichts, wie meinst Du das?", schaute sie mich mit großen Augen an. „Schau mal, Deine Brüste sind einfach zu perfekt auf diesen Bildern. Hier, sie stehen wie eine Eins. Beide Brüste absolut gleich geformt. Das ist zu perfekt, um wahr zu sein.

Und hier, Deine Beine und die Hüfte, keine Falte, keine Hautunreinheit, bildschön einfach. Und Dein Po: Der ist einfach perfekt geformt. Zu perfekt. Gib zu, was hat der Playboy an den Fotos alles bearbeitet?"

Die Anastasia wurde etwas wütend: „Nichts", giftete sie mich an, „alle Fotos sind echt! Da wurde nichts geschönt, das habe ich auch nicht nötig. Ich bin so schön, von Natur aus." „Natürlich bist Du schön, du bist eine bildhübsche Frau, aber so perfekt wie auf den Fotos? Das kann ja kaum sein. Ich weiß doch aus der Branche, wie da getrickst und gewerkelt wird, wie die Problemzonen bearbeitet werden."

„Ich habe aber keine Problemzone!", kreischte sie mich beleidigt an. „Ich bin echt. Wenn Du mir nicht glaubst, Dein Pech." „Nein, wenn ich Dir nicht glaube, ist es nämlich DEIN Pech, meine Liebe, denn dann fühle ich mich echt veräppelt und vielleicht streiche ich Dich dann von der Besetzungsliste. Weil: Verarschen lasse ich mich nicht." Das saß.

Die Kleine schluckte und war den Tränen nah. Sie wurde ganz still und schaute auf den Fußboden. Dann blickte sie mich an: „Ich beweise es Dir, das ich genauso schön bin wie auf den Bildern. Du kannst Dich persönlich davon überzeugen, ok? Und wenn ich Dich überzeugt habe, behalte ich den Auftrag, ok?" „Ok, ein fairer Deal", schlug ich ein und entlockte ihr wieder ihr süßes Lächeln.

Aufgeregt zahlte ich und wir fuhren zu ihr. Anastasia wohnte in einer schnuckeligen 2-Zimmer-Wohnung im Münchner Osten. Ich sollte mich aufs Sofa setzen und kurz warten. Die Hübsche verschwand im Bad und kam 5 Minuten später in einem rosa Bademantel auf mich zu. „So, jetzt kannst Du Dich davon überzeugen, dass ich wirklich so schön bin wie auf den Fotos", lächelte sie, öffnete den Bademantel und ließ ihn zu Boden gleiten.

Da stand sie nun, splitterfasernackt, direkt vor mir, in Greifweite. Ihr Körper, und das muss ich zugeben, war einer der allerschönsten, die ich je gesehen habe: perfekte Brüste, wunderschöne Proportionen überall. Sie drehte sich wie eine Ballerina und präsentierte sich von allen Seiten und Dimensionen.

Ich starrte mit offenem Mund auf diesen göttlichen, 20-jährigen Körper und bekam nur ein „Einfach perfekt" heraus. Langsam fuhren meine Hände aus, um dieses Kunstwerk zu betasten. Anastasia ließ es bereitwillig zu und ging den entscheidenden ½ m auf mich zu. Meine Hände fühlten nun Gott. Allein Anastasias Körper zu berühren, schoss mir schon alle Säfte ins Glied. Ich fuhr ihren ganzen Körper in Zeitlupe entlang ab und resümierte dann:

„Also wirklich, Anastasia, Du hast Recht: Du bist in natura genauso schön wie auf den Fotos. Unglaublich, so eine reine Schönheit. Darf ich von Deinem Traumkörper ein paar Fotos machen?" „Wieso? Es gibt doch schon die Playboys Pics", antwortete sie. „Schon, aber ich hätte gerne noch ein paar exklusive, für mich." „Schon gut, Du darfst, mach ruhig", grinste sie mich an und begab sich in Pose. Ich zückte mein iPhone X und drückte ab. Immer wieder.

So viel Schönheit muss einfach für die Nachwelt – korrekter: für mich – festgehalten werden. Klick, klick, klick, klick. Anastasia ließ sich shooten und setzte immer wieder ihr schönstes und verführerischstes Lächeln auf. Extra für mich. Wie geil! Nach 113 Fotos hielt ich es nicht mehr aus: Ich wollte testen, ob dieser Körper genauso gut Sex kann wie er aussieht. Ich legte mein X zur Seite, kniete mich vor Anastasia, küsste ihren gepiercten Bauch und streichelte ihre Brüste.

Anastasia hatte nichts dagegen, ihre Augen waren nun geschlossen und sie genoss meine Zärtlichkeiten. Mein Mund wanderte tiefer, bis ich an ihrem Venushügel angekommen war. Der war aalglatt und frisch poliert. Gut duftete es da unten nach purer Weiblichkeit, also ging ich einen Step weiter und leckte nun behutsam ihre bilderbuchschönen äußeren Schamlippen hoch und runter.

Anastasia mochte das sehr, sie atmete tief und laut. Jetzt waren die inneren Schamlippen dran. Sie atmete tiefer und lauter. Jetzt die stecknadelklopfgroße Klitoris. Anastasie atmete am tiefsten und lautesten. Gut so. Meine Hände kneteten dabei ihren Po und streichelten die Außenseiten ihrer Oberschenkel.

Kniend befriedigte ich sie stehend oral. Ich blickte immer mal wieder hoch und sah eine wunderschöne Frau. Diese sollte nun kommen. Ich ging zu meiner speziellen Orgasmus-Leck-Technik über: Zunge 2 cm tief in die Röhre stecken und mit ordentlichem Druck in alle Richtungen züngeln. Anastasia fiel fast um, als sie kam. Sie zuckte heftig und stöhnte laut ab. Ihr Körper bebte über 30 Sekunden lang, ich züngelte fleißig weiter, bis sie vor mir zusammensank und mich – nun ebenso kniend – auf den Mund küsste.

„Das war wunderschön", knutschte sie mir ins Ohr und umarmte mich sinnlich. Ihr Körper fühlte sich an meinem so sexy an. Nach 1 gefühlten Stunde, in Wirklichkeit war es wohl 1 Minute, meinte sie: „So, jetzt stellst Du Dich hin und schließt Deine Augen. Jetzt verwöhne ich Dich." Das tat sie dann auch, aber von geschlossenen Augen kann hier nicht die Rede sein. Im Gegenteil: Meine Augen waren weit aufgerissen, denn das, was passierte, musste ich unbedingt sehen.

Anastasia streichelte sanft meinen Dong, meide Hoden, meinen Po, meine Brust und machte mich so rattenscharf. Dann endlich nahm sie ihn in den Mund.

Mein Penis hatte es geschafft: Er hatte das Paradies gesehen. Er befand sich darin. Mit unfassbarer Effizienz blies Anastasia mir einen, dass ich mir vorkam wie Adam auf Wolke 7. Ihre Hände leisteten perfekte Arbeit, ebenso ihr Mund. Dieses Luder wusste, was perfekter Sex ist und wie er funktioniert.

Ich musste das unbedingt aufnehmen, also griff ich – ohne sie zu fragen, denn das hätte den Moment zerstört – seitlich zu meinem iPhone und hielt von oben drauf. Anastasia bemerkte dies sehr wohl, doch zu geil war das Szenario, um es abzubrechen. Leidenschaftlich und sinnlich fuhr sie ohne Unterbrechung ihren genialen Blowjob fort, bis ich unruhiger wurde.

Sie spürte, dass ich kurz vor meinem Höhepunkt war, doch anstatt Vollgas zu geben, verlangsamte sie das Geschehen. Ein unüblicher Vorgang, aber sehr intensiv. Ganze 3 Minuten lang rückte ich so Millimeter für Millimeter näher an den point of no return heran. Als ich diesen endlich erreichte und überschritt, kam ich megaheftig.

Anastasie lutsche in Zeitlupe weiter und erlöste mich einfach vollkommen. Mein ganzes Sperma verschwand in ihrem Mund, kein einziger Tropfen rutschte über ihre Lippen heraus. Auch das Nachspiel beherrschte sie. Viele Frauen beenden ihren Job ja sofort nach dem Samenerguss oder sogar schon währenddessen, was eine Schande ist, aber Anastasia lutschte, leckte und streichelte ganze 5 Minuten weiter, was in mir ein wahnsinnig intensives Wohlgefühl erzeugte. Ich filmte immer weiter, bis sie fertig war.

Der Sex mit Anastasia war Hammer. Grund genug, über Nacht bei ihr zu bleiben. Damals war ich noch vogelfrei, Andrea existierte noch nicht für mich. Eine schöne Zeit. Nach ewig langem Kuscheln startete ich die zweite Sex-Runde. Diesmal wollte ich dieses hübsche Ding ficken. Anastasia ließ es sofort zu. Ohne Gummi steckte ich ihr meinen harten Schwanz in ihre Fotze und nagelte sie in der Missionarsstellung gut durch.

Dann von hinten. Als er rausrutschte, steckte ihn Anastasia sich wieder rein. Aber in Luke 2. In die anale. Doch ohne Gummi und ohne Flutschmittel wollte er nicht so recht, zu eng war ihr Anus einfach. Also wieder in die weitere Röhre. Doggy Style dampfte ich mir einen ab, bis sie ihre Hüft- und Vaginalmuskeln zusammenkrampfte und sich und damit auch mir den Orgasmus bescherte. Wow, was für ein Fick! So schliefen wir erschöpft ein. Am nächsten Morgen erwartete mich noch ein Blowjob der 20-Jährigen, dann musste ich auf Arbeit.

Ein paar Tage später fand besagte Show-Aufzeichnung statt, zu der meine Top-5-Mädels geladen waren. Anastasia kam bildhübsch und stahl allen die Show, bis auf Kylie.

Die 24-jährige, natürliche Schönheit übertrumpfte alle Girls: Sie sah aus wie Cindy Crawford in ihren jungen Jahren. Sie hatte mir beim Casting ja schon außerordentlich gut gefallen, ich hätte sie auf der Stelle genommen, aber irgendwie hatte sie da ja meine dezenten Anmach- und Flirtversuche ignoriert. Sollte ich es erneut bei ihr versuchen? Ich war mir unsicher, hatte ich doch aktuell Anastasia an der Leine.

Der Dreh lief perfekt und es wurde Abend. Nach und nach verabschiedeten sich alle Teilnehmer und Teilnehmerinnen, auch Anastasia musste gehen, sie hatte ein Treffen mit ihrer besten Freundin. Als ich schließlich alleine war und nach meiner Tasche suchte, hörte ich hinter mir Schritte auf mich zukommen. Ich drehte mich um, und da stand Kylie.

„Du, mein iPhone muss hier noch irgendwo herumliegen", startete sie die Konversation, „kannst Du mir kurz beim Suchen helfen?" „Klar", lächelte ich nett und lief in Richtung Westen. Sie beschnupperte den Osten. Im Süden trafen wir uns. „Nichts", nickte sie traurig. Vielleicht war es im Norden. „Los, komm, wir müssen dort drüben noch schauen", nahm ich sie an der Hand.

Kylie folgte mir wie ein Schulmädchen, doch leider war auch hier die Suche vergeblich. Sie war den Tränen nahe, doch dann kam mir die rettende Lösung: „Gib mir mal Deine Handynummer." „Warum?", wollte sie wissen. „Dann rufe ich Dich an, und vielleicht haben wir Glück und hören es, wenn Dein Gerät wirklich hier ist."

Kylie war begeistert von meiner genialen Idee, und wenige Sekunden später hörten wir tatsächlich die AC/DC-Hymne „Highway to Hell" röhren. „Das ist meines!", jubelte sie und lief die entscheidenden Schritte ins Eck. Dann kramte sie unter einer Polstergarnitur herum und hob stolz und siegreich ihr geliebtes, silbernes Mobilgerät in die Höhe. „Danke, 1000 Dank für Deine Hilfe", umarmte sie mich dankbar und schaute mir tief in die Augen. „Wie kann ich das wieder gut machen?"

Noch bevor ich etwas sagen konnte, küsste sie mich auf den Mund. Noch ein Kuss. Gut waren sie. Einfach lecker. „Sind wir hier alleine?", hauchte sie in mein Ohr. „Ja, alle sind weg", antwortete ich. „Gut", hauchte sie zurück und kniete sich vor mich. Dann öffnete sie meine Jeans und packte meinen Ding Dong aus der Unterhose. Schon hängte er nach draußen. Kylie küsste seine Spitze, dann etwas mehr, dann noch etwas mehr. Schließlich war er in ihrem Mund.

Ich stand in unserer Produktionshalle im Halbdunkeln und bekam von der 24-jährigen Kylie, der brünetten Schönheit, derart einen geblasen, dass mir fast schwindelig wurde. In der Tat, mir wurde schwindelig, so gut blies sie. „Warte", flüsterte ich ihr zu und setze mich auf die Polstergarnitur, dann durfte Kylie weiterblasen.

Sie blies ungeheuerlich gut. Mit schnellen Auf-und-Ab-Bewegungen steuerte sie ihren Mund hoch und runter, eng an meinem Schaft entlang. Ihre linke Hand wichste ein wenig mit, ihre rechte Hand kraulte zart meine geschwollenen Eier. Sie sah so süß in ihrem blumigen Kleid aus; ihre Brustwarzen waren hart und deutlich zu erkennen. Ihre rot lackierten Fingernägel schmückten meine Geschlechtsorgane.

Kylie blies nun schneller und intensiver, ich spürte mein Ende kommen. Genüsslich lehnte ich mich nach hinten und sah zu, wie mein Sperma ohne Vorwarnung in ihren Mund schoss. Kylie zuckte kurz, doch sie blies professionell und gierig weiter, dann präsentierte sie mir den vollen Spermasee in ihrem Mund und vernichtete ihn mit einem Schluck.

Dieser Blowjob war genial, dafür wollte und musste ich mich revanchieren. Ich stand auf, hob die 52-kg-Leichte an den Hüften in die Luft und setzte sie auf die Polstergarnitur. Dann kniete ich mich hin und wollte meinen Kopf unter ihren Rock stecken, doch das wollte sie nicht. „Warum nicht?", fragte ich frustriert nach, nachdem mein bereits dritter Versuch blockiert wurde.

„Das ist schon sehr intim", meinte sie, „nicht beim ersten Mal." Ich überlegte: Blasen beim ersten Mal ist ok, aber Lecken nicht? Komische Moralvorstellungen sind das!

Aber egal. Vergewaltigen wollte ich sie nicht, dazu bin ich nicht der Typ. Eine Frau soll bei mir Spaß haben. „Vielleicht morgen?", bohrte ich vorsichtig nach. „Vielleicht", lächelte sie verlegen zurück und drückte mir ihre Mobilnummer in die Hand. Dann küsste sie mich kurz und ging. Eine komische Nummer war das, aber eine, die ich auf jeden Fall wiederholen wollte.

Tags darauf schickte ich Kylie eine WhatsApp und fragte sie nach einem Date. Sie antwortete schnell und bestätigte mir den Italiener, den ich vorgeschlagen hatte. Ich zog mich gut an mit Jeans, Hemd und Sakko, sie kam krass sexy im kurzen, knappen Rock mit Top und Jeansjacke. Wir aßen gut und unterhielten uns ebenso gut.

Sie erzählte mir, dass sie BWL studiert und Single sei. Ihre letzte Beziehung – 2,5 Jahre mit einem Studenten – sei gescheitert, weil dieser von ihr einen Sex-Dreier mit seinem besten Kumpel einforderte, was sie unmöglich fand. „Mit einer anderen, hübschen Frau ok, ist geil, aber nicht mit 2 Männern." Recht hat sie. „Hast Du schon mal Sex mit 2 Frauen gehabt?", wollte sie von mir wissen.

„Ja", protzte ich, „mehrfach, und es war immer genial." Sie staunte mit großen Augen. Wir flirteten gut und das Thema Sex war nun unseres. Ihre Hand lag bereits auf meinem Oberschenkel und rutschte näher Richtung Hosenstall. Schließlich zahlte ich und wir fuhren zu ihr. Kylie wohnte in einer WG mit 2 anderen Mädels ihres Alters, und beide waren zuhause. So etwas hatte ich selten erlebt.

Rasch zog Kylie mich – unter den Blicken der anderen beiden Hübschen – in ihr Zimmer. „Das waren Nele und Helene, meine beiden Mitbewohnerinnen und besten Freundinnen, sie studieren auch BWL, wir wohnen seit 2 Jahren zusammen." Das waren schon interessante Informationen über die beiden anderen sexy Girlies, doch im Moment interessierte mich nur Kylie.

Kylie verschwand kurz auf Toilette, während ich es mir auf ihrem Kuschelbett kuschelig machte. Ich hörte Frauengetuschel und Grinsen, dann kam Kylie zurück und legte sich in meinen starken Arm.

Sie hatte nur noch einen schwarzen Slip, einen String-Tanga, und ihren ebenso schwarzen BH an. Vorsichtig küsste sie mich auf den Mund und streichelte meine gut trainierte Brust.

Ich hatte längst ´nen Steifen in der Hose und schob Kylies Hand tiefer, genau auf meinen Dong. Schwupps, war dieser draußen und meine Bettgespielin rückte mit ihrem Mund immer näher, bis sie ihn endlich drin hatte. Es fühlte sich göttlich an. Kylie war eine absolute Blowjob-Expertin. Sie blies einfach genial. Gleichzeitig verabschiedete sie ihren BH. Ihre Brüste waren formschön und fest, so liebe ich sie. Mit derselben Technik wie in unserer Produktionshalle verwöhnte sie mich halbnackt, bis ich ihr meinen point of no return mit einem „Jetzt gleich" ankündigte.

Lasziv wichste sie diesmal mein Sperma genau auf ihre Titten und kleckste sie schön voll. Ich stöhnte möglichst leise dabei, um die Aufmerksamkeit unseres Sex-Aktes nicht in das bewohnte Wohnzimmer zu lenken. Jede Titte sollte dasselbe abbekommen. Bekamen sie auch. Es war wundervoll, doch hatte ich das Gefühl, beobachtet zu werden. Doch das konnte wohl kaum sein. Schließlich war außer uns niemand im Raum. Lag wahrscheinlich daran, weil Kylies 2 Freundinnen noch in der Wohnung waren.

Diesmal durfte ich endlich an Kylies Pussy. Bereitwillig legte sie sich nun in Nehmerlaune in die Nehmerstellung und ließ sich von mir am ganzen Körper küssen und züngeln. Mit meinen spitzen Zähnen zog ich ihr den Slip aus und erlebte eine saftige Teenie-Pussy ohne Schamhaare. Geil! Diese schmeckte genauso gut wie sie roch und aussah.

Ich, der Zungenakrobat, leckte nun die wunderschöne Kylie in Ekstase. Zuerst die äußeren Schamlippen, dann die inneren Schamlippen. Beide Paare waren absolut identisch und millimetergenau gleich, halt nur spiegelverkehrt. Aber das ist ja normal. Kylie stöhnte lauter als ich, sie nahm kein Blatt vor den Mund, sollten Nele und Helene ruhig mitbekommen, wie geil es hier abgeht. Ich küsste, saugte, züngelte und leckte erfahren weiter, bis Kylie schier durchdrehte und 3 heftige Orgasmen am Stück erlebte.

Nach 1 Minute Höhepunkt senkte sie ihr Becken und entspannte sich. Ich kroch auf sie und küsste sie leidenschaftlich auf ihren süßen, roten Mund.

„Das war geil mit Dir", lobte sie mich und träumte an die Decke. Nach 10 Minuten musste ich auf Toilette. Ich stand auf, zog meine Unterhose und mein Hemd an und ging zur Tür. Da hörte ich ein paar schnelle Schritte vom Wohnzimmer. Fand da gerade ein Umzug statt? Ich öffnete die Tür und schaute ins Viereck: Nele und Helene saßen auf dem Sofa und schauten fern. Sie lächelten mich nett an, doch ihre Blicke verrieten irgendwie mehr.

Ich bin ein Frauenversteher durch und durch und kenne Frauen sehr gut. Ich weiß, wie sie ticken und sich verhalten. Irgendwie verhielten sich die beiden Schönheiten nicht normal. Ich pisste mir erst mal einen ab, dann ging ich unter ihren beobachtenden, interessierten Blicken zurück zu Kylie. Seltsam. Ich wollte die Geschichte Kylie erzählen, doch die hatte längst andere Pläne: Sie wollte mich spüren: tief und hart.

Ihre Hand massierte meinen Penis in Punkt-12-Stellung hoch, während wir heftig knutschten. Dann zückte sie ein rotes Noppenkondom, das sie mir überblies. Ich sollte sie als Missionar liegend beglücken. Das fühlte sich geil an, denn Kylie war schön eng. Dann wollte sie reiten. Mann, das tat sie im wahrsten Sinne des Wortes. Auch rückwärts Reiten war angesagt. Zum Finale spielten wir Hund 1 und 2. Ich nagelte sie Doggy hart und gnadenlos, bis ich abschoss. Ein heftiger Orgasmus war es, der mich erfüllte.

Kylie war noch nicht gekommen, also leckte und zungenknetete ich sie erneut zu 3 Höhepunkten in Serie. Während Kylie ausstöhnte, hörte ich wieder Geräusche direkt vor der Tür. Hm, hatten wir etwa 2 geile Lauscherinnen? Oder gar Schlüssellochguckerinnen? Die Tür hatte ein großes Schlüsselloch, das genau auf Kylies Bett zeigte. Möglich war es also. Realistisch auch. Ich sagte aber nichts, sondern genoss und überlegte mir einen Schlachtplan für das nächste Mal. Nach 20 Minuten Kuscheln verabschiedete ich mich von Kylie und den Mädels, da ich am nächsten Tag ein Meeting hatte und früh raus musste.

2 Tage später waren Kylie und ich erneut zum Essen verabredet, wieder beim Italiener. Das Essen war lecker und unser Gespräch sehr ergiebig.

Tricky wie ich bin, entlockte ich Kylie mehr Informationen über ihre beiden Busenfreundinnen Nele & Helene. „Die beiden sind echt lieb. Uns verbindet eine wirklich enge Freundschaft, wir haben keine Geheimnisse voreinander, helfen uns in allen Lebenslagen, auch bei Liebeskummer, und genießen auch unsere schönsten Momente miteinander, spannende Abenteuer und so." Was sie damit meinen könnte, schien mir klar: „Auch Sex-Abenteuer?", fragte ich frech.

Kylie lachte laut und meinte: „Du bist aber neugierig." Ich bohrte weiter und bekam schließlich heraus, dass das Thema Sex kein Tabu zwischen ihnen ist. Genau und deutlich formulierte sie es nicht, aber mir war schon klar, dass die Mädels untereinander sich sicher hin und wieder gegenseitig Vergnügen bereiten und sicher auch schon gemeinsam den einen oder anderen Mann verwöhnt haben. Mein Gedankenkarussell drehte sich bereits sehr schnell und ich erträumte mir einen geilen Vierer am späteren Abend. Ob es so kommen würde?

Um 21:30 Uhr hatten wir genug gespeist und fuhren zu Kylie. Und siehe da: Nele und Helene waren „zufällig" auch wieder da. Diesmal stellte mich Kylie den beiden ausführlich vor und wir plauderten 15 Minuten zu guter Cola, ehe mich Kylie in ihr Zimmer schob. Ich nutzte diese 15 Minuten voll aus, um Nele und Helene zu begutachten und zu bewerten.

Kylie & Nele & Helene

Nele war ca. 1,78 m groß und schlank. Sie ging jeden Tag 1 volle Stunde joggen, das sah man ihrer wunderschönen, sportlichtrainierten Figur auch an. Lange, blonde Haare wellten sich hinab bis zum Po, ihre Augen waren groß und offen, ihr Mund wohlgeformt, ihre Brüste fest, ihre Hände schön und zart. Ihr Lächeln war atemberaubend, sie hatte wunderschöne Zähne und eine gepiercte Zunge.

Die Helene war der optische Unterschied: Sie war klein, schwarzlanghaarig, knapp über 1,60 m und sehr dünn. Dafür waren ihre Möpse groß, gemacht, das sah ich sofort. Ihre Augen sexy geschminkt, ein kleines Nasen-Piercing verzauberte ihren rechten Flügel. Ihre Finger waren relativ lang für so eine kleine Frau, ihr Po knackig, dazu dünne Oberschenkel und Waden. Beide gefielen mir.

Kylie zog sich und mich aus und küsste meinen Dong steif. Ich konzentrierte mich auf die sexuellen Handlungen, aber auch auf die Tür, die ich unter Beobachtung hielt. Als Kylie ihn im Mund hatte, hatte ich wieder das Gefühl, beobachtet zu werden. Draußen lief zwar laut der Fernseher, aber ich hörte auch Rascheln an der Tür. Aha, sind die Spioninnen also wieder da!

Ich wurde neugierig, drehte uns und verwöhnte nun oral die schöne Kylie. Ihre Pussy schmeckte genauso gut wie vor 48 Stunden. Ich wartete auf den idealen Moment, da richtete ich mich blitzschnell auf, stürmte zur 3 m entfernten Tür und riss diese nach innen auf.

Und da standen sie, steif vor Schock: Nele und Helene! Ich hatte sie erwischt, in flagranti beim Spannen. Sie standen mit offenen Mündern vor mir, damit hatten sie nicht gerechnet. Mein Penis bedrohte sie als Lanze. „Na, was soll das denn, bitte schön!?", startete ich die Schelte. „Ihr spannt Euch hier echt einen ab, oder?" Kylie im Hintergrund war ruhig wie ein Igel, eine bedrohliche Stille lag in der Luft, also machte ich lautstark weiter: „Findet Ihr das nicht ein bisschen frech, uns beim Sex zu beobachten? Meint Ihr, dass Kylie und mir das gefällt?

Also, so etwas habe ich echt noch nie erlebt, Mädels!" Da Kylie weiter schwieg wie ein Grab, musste sie es wohl gewusst haben. Vielleicht war es sogar ihre Idee gewesen, keine Ahnung. „Ich möchte jetzt echt wissen, was Ihr Euch dabei gedacht habt", forderte ich Nele und Helene auf, mir Rede und Antwort zu stehen und ihr Verhalten zu rechtfertigen.

Helena fasste Mut: „Naja, was soll ich sagen? Wir wollten nur mal kurz schielen." „Nur mal kurz schielen?!", fuhr ich hoch. „Von wegen! Schon das letzte Mal habe ich Euch an der Tür gehört, streitet das ja nicht ab!"

Helene merkte, dass es keinen Sinn machte, mich für blöd zu verkaufen, und gab kleinlaut zu: „Du hast ja Recht. Sorry. Wir wollten Dich nicht verärgern oder in Deine Privatsphäre eindringen, aber irgendwie hat es sich halt so ergeben. Die Kylie hat Dich hergebracht und die Nele und ich fanden Dich halt auch ziemlich sexy. Da haben wir einen Blick gewagt."

„Nur einen?", fragte ich mit Stirnrunzeln zurück. „Naja, einen langen Blick." „Du meinst, Ihr habt komplett zugesehen." „Ja", nickte Nele und schüttelte ihren Kopf. „Sorry, bitte sei uns nicht böse. Uns hat einfach gefallen, was wir gesehen haben."

„Soso", grinste ich, „und deshalb habt Ihr auch heute wieder Mäuschen gespielt." „Ja", meinte Helene, „Du bist ein sehr attraktiver Mann … mit einem schönen Schwanz … da konnten Nele und ich einfach nicht widerstehen."

Langsam löste sich die Spannung auf, zum Glück. Mittlerweile lachten wir sogar darüber und Kylie kommentierte nun mit. Ich kroch zu Kylie zurück ins Bett und die Mädels setzten sich auf den Fußboden. Langsam wurde mein Penis steif, da Kylie dezent Hand anlegte. Wir waren mitten im Gespräch, aber Kylie legte es voll darauf an. Dann küsste sie mich und startete ihren Blowjob. Direkt vor den Mädels.

Ich schaute Nele & Helene an, die gebannt zusahen und mich anlächelten. Da konnte ich einfach nicht mehr widerstehen und ließ Kylie blasen. Doch mein Blick wanderte immer wieder hinüber zu Nele und Helene, die sich nun extra für mich küssten, auch mit Zunge. Plötzlich sah ich 2 Paar wunderschöne Titten, denn Nele und Helene wollten mich zusätzlich aufgeilen.

Kylie blies bewusst langsam und wollte dem ganzen sündigen Spiel genug Zeit und Raum geben, was ihr bestens gelang. Die beiden Mädels blickfickten mich und kneteten sich gegenseitig ihre Titten. Dieser Anblick war zu viel für mich: „Jetzt gleich!", stöhnte ich ab und ließ den Orgasmus kommen. Dieser fiel äußerst spritzig aus, da Kylie ihn den Mädels präsentieren wollte.

Mit Hand und Mund bescherte sie mir mächtige Spritzer, begleitet von einem starken Gefühl der Befriedigung, während Nele und Helene staunten. Zärtlich lutschte Kylie meinen Dong sauber und sich selbst das Restsperma von den Lippen. Ich atmete tief durch und war einfach nur glücklich.

„Jetzt ich", forderte Kylie ihren Spaß ein. „Wieder vor Publikum?", fragte ich sie neckisch, was ein lautes „Ja" von allen 3 Mädels nach sich zog. Na gut, na schön. Nele und Helene saßen weiter oben ohne da und fanden es sichtlich geil, wie ich Kylies schönen Brüste küsste und streichelte, dann über ihren Bauch tiefer wanderte bis zum Venushügel. Drumherum streichelte und küsste ich sie, ehe ich endlich ihrer groß gewordenen Klitoris meine volle Aufmerksamkeit schenkte.

Kylie liebte es, mehr von links geleckt zu werden, dort hatte sie ihre empfindlichste Stelle. Gesagt, geleckt. Ich züngelte wie Burt Reynolds und schaute immer wieder nach oben in Kylies genussvolles Gesicht und dann seitlich in die großen Augen der beiden Spannerinnen, die das, was sie sahen, ziemlich geil finden mussten. Kylie wurde immer unruhiger, ihr erster Orgasmus nahte. Ich leckte noch eine Stufe intensiver, dann war es soweit: Kylie kam! Zweimal hintereinander, ehe sie erschöpft ihr Becken ablegte und tief durchatmete.

„Das war geil!", tönte die Gekommene und küsste mich saftig. Ich schaute die Beobachterinnen an und fragte: „Na, hat Euch die Vorstellung gefallen?" Beide grinsten frech und nickten brav. „Und wie geht es jetzt weiter, Mädels?" Eine Antwort blieb aus, aber eine Reaktion nicht: Die hübsche Nele stand auf, schritt auf mich zu und küsste mich. „Jetzt möchte ich von Dir verwöhnt werden", grinste sie mich an und legte sich zu uns in das große Bett. Doch Kylie stand nicht auf, sie blieb liegen und kuschelte sich eng an ihre Busenfreundin heran.

Alright, wird ein geiles Spektakel! Oben ohne war sie ja schon, die Nele, unten ohne folgte. Sie hatte einen bestimmenden, schön getrimmten Landeplatz auf ihrem Venushügel, die Wiese war dunkelblond. Daneben ein Tattoo mit der Aufschrift „best pussy around".

Ob das auch wirklich stimmte? Ich musste es herausfinden. Zärtlich küsste ich Neles wunderschöne Titten und ihren trainierten Bauch. Sie stöhnte dabei und knutschte mit Kylie. Als ich mit meinem Mund an Neles Scham angekommen war, rubbelte sie schon fleißig an der Clit von Kylie herum. Helene saß neben dem Bett, beobachtete alles ganz genau und hielt sich einen Womanizer Pro von außen an ihr fast durchsichtiges Höschen, das keine schwarzen Schamhaare zeigte, sondern blanko.

Neles Pussy war tatsächlich eine der besten around: ihre Schamlippen waren lang und schmal, ihre Klitoris von Gott geformt, ihr Duft köstlich. Ich genoss es, diese Super-Pussy zu lecken. Nach etwa 5 Minuten spürte ich, dass ich Nele am Rande der Kante hatte. Ich saugte intensiver, dann stöhnte sie laut in Kylies Mund. Ihre Pussy flutete durch und zuckte unter Strom. So etwas liebe ich, diese intensiven Frauenorgasmen.

Nele wollte mehr: „Weiter, leck weiter, bitte!", kreischte sie und ließ sich erneut fallen. Ich tat ihr den Gefallen und schenkte ihr 2 weitere Höhepunkte, die beide genauso intensiv ausfielen wie 1. Da lagen sie, 2 erschöpfte und äußerst befriedigte Mädels, die mich anstrahlten.

„Kannst Du mich noch mal verwöhnen?", bettelte Kylie um ein weiteres Sex-Highlight ihres Lebens, doch das erzeugte einen Protest bei Helene: „Und was ist mit mir? Zuerst bin ich dran! Ihr beide habt schon, ich noch nicht."

Dieses Argument war glaubhaft und entsprach zudem der Wahrheit. Es wurde von Kylie sofort akzeptiert. Grinsend wie eine Honigkuchenpferd zog sich Helene ihr feuchtes Höschen aus und sprang zu uns ins Bett. Eng war es, aber geil. Sie legte sich zwischen Kylie und Nele und griff nach meinen Haaren. Mein Kopf befand sich 10 Sekunden später zwischen ihren gemachten, großen Brüsten. Ich bekam Luft, aber nicht viel. Ich zog ihn hoch und blickte auf das Paradies:

Ich sah 3 bildschöne Frauen unter mir liegen, alle nackt und geil auf mich. Fantastisch! Helenes Körper war kleiner und kürzer als der von Kylie und Nele, aber genauso erogen.

Ich küsste ihren doppelt tätowierten Bauch – „Yes" und „No" waren darauf zu lesen, „Yes" rechts vom Bauchnabel, „No" links davon – und kümmerte mich dann um Helenes komplett rasierte Muschi. Während die Mädels miteinander knutschten, Helene mal mit Kylie, dann mit Nele, stimulierte und verwöhnte ich Helene mit allen meinen Tricks. Nach knappen 10 Minuten war es dann soweit:

Helene musste kommen. Sie hatte keine Chance, ihren Orgasmus hinauszuzögern, zu genau waren meine Züngeleien. Leise, aber intensiv stöhnte sie ihren Orgasmus in den Raum, ganze 50 Sekunden lang hatte sie einen. Ob das ein zweites Mal klappt? Ja, natürlich. Ich leckte intensiv weiter und schenkte der schwarzhaarigen Göttin Orgasmus 2 und 3.

3 bildhübsche Frauen in einem Bett, das erlebt man nicht jeden Tag. Und 3 bildhübsche Frauen innerhalb von 60 Minuten jeweils mehrfach zum Orgasmus zu bringen, ist auch kein Standard. Ich hatte es mal wieder geschafft und Außerordentliches geleistet. Glücklich legte ich mich zwischen die Mädels und genoss den engen Körperkontakt von allen Seiten.

Plötzlich spürte ich eine Hand an meinem Dong. Und ehe ich schaue konnte, welche es war, spürte ich eine zweite. Helene und Nele waren es, die von beiden Seiten an meinen Penis griffen und ihn langsam und zart streichelten. In Windeseile wurden aus den halberigierten 12 cm vollsteife 15 cm. Von links und rechts spürte ich pure Leidenschaft mich überfluten.

Nele hockte sich auf und krabbelte zwischen meine Beine. Wenige Sekunden später hatte sie Kong Dong in ihrem süßen Mund. Kylie küsste derweil meinen Brust- und Bauchbereich, während Helene und ich knutschten, mit Zunge und allem. Nele ließ sich viel Zeit beim Blowjob, es ging darum, mich vollends zu verwöhnen. Das gelang den Ladies auch. Ein paar Minuten im Spiel, tauschten sie die Plätze: Nun war es Helene, die den Blowjob weiterführte, während Kylie mich mundküsste und Nele meine Füße massierte. Auch eine geile Combo.

Helene blies nicht ganz so gut wie Nele, aber erträglich. Ihre Technik war stockiger und nicht ganz so flüssig wie die von Nele. Ich musste mich beherrschen, noch nicht zu kommen, da ich weiter genießen wollte. Kylie durfte nun auch blasen.

Die 3 merkten, dass nun der Zeitpunkt kommen musste, also konzentrierten sich alle 3 zusammen auf meinen Penis. Nele und Helene wichsten ihn, Nele mit der ganzen linken Hand, Helene mit Daumen-Zeigefinger-Kreis darüber. Dazu züngelten 3 Zungen an meiner Eichel herum. Zwischendurch 2 bis 3 tiefe oder kurze Blaser von Kylie.

Als Kylie ihn wieder kurz im Mund hatte, kam ich wie ein Erdbeben. Ich spritzte meine Ladungen ab und alle Mädels wollten sie schmecken. Über 5 Minuten lutschten und streichelten sie alles zu Ende, bis ich am Ende war. „Oh Mann, das war unfassbar geiler Sex", staunte ich und bedankte mich bei den 3 Grazien mit Dankeschön-Küssen.

Ganz offen plauderten wir im Bett über Gott und Sex. Kylie, Nele und Helene gestanden mir, dass ich nicht der erste Mann war, den sie zu dritt verführt hatten. Da gab es schon einige andere.

„Wir sind alle Single und genießen unsere Leben. Und wenn eine von uns einen Typen anschleppt, dann kann sich immer etwas ergeben. Oft auch nicht, denn nicht jeder Mann gefällt allen. Aber manchmal ist einer so wie Du dabei, da schauen wir uns an und wissen sofort, dass es eine geile Sache werden kann."

Diese Erklärung von Nele war einleuchtend. So offen wie sie war, so offen wurde auch ich. Ich erzählte den 3 Mädels von meiner großen Sammlung an Frauen im Bett und von meiner Vorliebe, auch Fotos oder Videos davon für den privaten Gebrauch zu erstellen. Die 3 grinsten und meinten, das hätten sie auch schon gemacht, Sex filmen und so.

Helene stand auf, holte den Laptop aus ihrem Zimmer und startete ihn. Dann klickte sie ein paar Mal, und schon begann ein Video mit dem Titel „A hot night with Sven". Dieses Video wurde in Kylies Zimmer gedreht, das konnte ich erkennen.

Ein attraktiver Mann knutschte mit Kylie, dann kamen Nele und Helene dazu. Die Lichtverhältnisse waren optimal, ich konnte alles gestochen scharf sehen.

Sven war Anfang 20 und hatte ein Monsterteil. „Seiner war fast 24 cm lang", grinste Nele und hielt ihre Hände etwa 30 cm auseinander. Ich sah zu, wie Sven eine Triple Blowjob bekam und dann eine nach der anderen Doggy Style fickte. Die 3 Mädels schrien dabei ordentlich, Svens Penis muss massiv gedrückt und ausgefüllt haben.

Schließlich kam der 1,90-m-Hühne in Nele. Aufnahmeende. Ein geiles Video, fand ich. „Habt Ihr noch andere?", fragte ich interessiert in die Runde. „Klar", nickte Kylie, und schon lief Video 2 mit dem Titel „Thommy in Love". Thommy hieß eigentlich Thomas und war eine Affäre von Nele. Er war 27 und hatte einen starken Oberkörper, der mit einigen hässlichen Tattoos bedruckt war. Auf dem Video waren aber nur Nele, Kylie und Thommy zu sehen.

„Ich hatte echt keine Lust auf Thommy, also enthielt ich mich", erklärte Helene ihre Abwesenheit. „Thommy war ein guter Lover, aber er wurde zu aufdringlich, er hatte sich in mich verliebt und wollte eine Beziehung, ich aber nicht", beschrieb Nele das Drumherum.

Ich sah zu, wie Nele und Thommy miteinander schliefen, er auf ihr, sehr zärtliche Stöße, sehr romantische Bewegungen seinerseits. Kylie lag neben Nele und streichelte und küsste ein bisschen mit beiden. Sie war eher Beiwerk. Dann ritt Nele auf Thommy. Sein Schwanz war in etwa genauso groß und dick wie meiner, also Standard.

Sweet Nele ritt genüsslich, ihre dicken Möpse kullerten auf und ab. Kylie saß mittlerweile auf Thommys Brust und Gesicht. Er leckte ihre Muschi. Nach ein paar Minuten stöhnte er und hatte in Nele seinen Orgasmus. Ende. „Ich würde auch gerne den Sex mit Euch filmen, wärt Ihr dabei?", fragte ich die 3 Mädels, die nur auf diese Frage gewartet hatten. „Klaro", grinste Kylie und holte eine digitale Videocam aus der Schublade. „Bist Du bereit oder brauchst Du noch Zeit?" „Los geht´s!", willigte ich ein.

Kylie platzierte die Cam in optimaler Position zum Bett und drückte auf Rekord. Ich war gespannt, was die 3 mit mir vorhatten, in so einer Konstellation gibt es ja Hunderte von Möglichkeiten, wer mit wem, und wie. Geben ist bekanntlich seliger als Nehmen, also gab ich zuerst.

Ich küsste alle 3 auf all ihre 4 Lippen. Dann fickte ich die 3 Löcher. Das von Kylie war am besten, sie war schön eng und saftig, ihre Scheidenmuskulatur knetete meinen Dong richtig gut durch. Neles Pussy war auch hier eine der besten around: Ihre Röhre hatte das gewisse Etwas, es fühlte sich himmlisch an. Helenes Pussy war Standard.

Ich fickte wie Gott in Frankreich und wollte natürlich meinen Höhepunkt sichtbar haben. Also ließ ich mir einen Triple Blowjob geben. Die Mädels züngelten wild an meiner Eichel herum und bliesen abwechselnd super gut, sodass mein Orgasmus wie eine explodierende Bombe ausfiel. Ich keuchte wie ein Irrer und schenkte den Hobby-Nutten eine Gesichtsbesamung erster Klasse.

Als es vorbei war, schauten wir uns das Video auf dem Laptop an. Es war brutal geil! Ich bestand natürlich auf eine Kopie und zog diese mir auf meinen USB-Stick. Noch ein paar Mal wiederholten wir in den Folgewochen das sündige Spiel zu viert, bis ich von den Ladies abserviert wurde. Aber egal: Das nächste Abenteuer hatte mich bereits.

Kerstin

Die 22-Jährige war die süßeste Verführung, seit es Schokolade gibt. In Minirock und bauchfreiem Shirt stellte sie sich offiziell bei mir für ein Praktikum vor. Dabei flirtete sie nicht schlecht mit mir, um den Job zu bekommen. Den bekam sie auch, in der Hoffnung, dass ich als Gegenleistung auch diverse Jobs von ihr bekomme. Die ersten 2 Wochen verliefen ganz normal.

Kerstin hatte eine Medienausbildung absolviert mit guten Noten und war sehr interessiert an allem. Sie war etwa 1,67 m groß und hatte einen perfekten Body. Eine Christina Aguilera in jung. Eines Montagmorgens erschien sie mit einem blauen Auge auf Arbeit. Und sie humpelte. Ich fragte sie, was los sei, doch sie wimmelte ab. Ich gab ihr zu verstehen, dass sie jederzeit mit mir vertraulich sprechen könne, doch sie lehnte erneut ab und meinte nur, alles sie gut. Ich ahnte nichts Gutes.

Tatsächlich klopfte es später am Nachmittag an meiner Officetür, und Kerstin stand vor mir. Sie blickte mich traurig und an fragte, ob ich kurz Zeit für sie hätte. „Natürlich", antwortete ich und bat sie vertrauensvoll zu mir rein. Dann platzte es aus ihr heraus: Ihr Freund habe sie am Wochenende geschlagen. Als Grund gab sie Eifersucht ihres Typen an. „Begründet oder unbegründet?", fragte ich nach. „Naja, ich habe mit einem anderen Kerl geschlafen, 1 Mal nur, das ist doch kein Grund, mich gleich zusammenzuschlagen, oder?"

Als Fremdgeher empfand ich das genauso. Kerstin begann zu weinen und ich nahm sie brüderlich in den Arm. Dabei spürte ich ihren Traumkörper eng und straff. Sie presste sich in mich hinein und schluchzte mein Sakko voll. In diesem Moment kam Andrea, meine geliebte Frau, hereingestolpert. Ohne Vorwarnung, ohne Vorankündigung. Sie sah mich Arm in Arm mit der süßen Kerstin im Minirock und ließ vor Schreck ihre Tasche fallen.

Wütend in dem Glauben, ich würde gerade mit meiner jungen Praktikantin Zärtlichkeiten austauschen, schnaubte sie davon. Ich ihr sofort hinterher.

„Bleib stehen", rief ihr ihr zu, „ich kann das erklären. Du wirst schockiert sein, was da passiert ist." „Das glaube ich Dir gern, Du!", rotzte sie aggressiv zurück. Ich nahm sie etwas heftig am Arm, schleifte sie in mein Büro zurück und schloss die Tür hinter uns. Zum Glück hatte das Theater keiner sonst mitbekommen.

„Das ist Kerstin, meine Praktikantin, und das ist Andrea, meine Frau", stellte ich die beiden Ladies sich gegenseitig vor. Andrea war schockiert, als sich Kerstin zu ihr umdrehte und ihr somit das blaue Auge und die Schrammen am Kinn und an der Stirn offenbarte. „Um Himmels Willen, was ist Dir denn passiert?", platzte es aus ihr heraus.

„Mein Freund hat mich brutal einfach so zusammengeschlagen", heulte das kleine Ding weiter. Ich ergänzte: „Und sie hat sich mir gerade eben anvertraut. Dagegen muss sofort etwas unternommen werden. Ich muss sie beschützen." Andrea hatte verstanden, sie nahm die Maus in ihre Arme und tröstete sie. Gemeinsam entschlossen wir uns, dies der Polizei zu melden und Anzeige zu erstatten.

Zuhause entschuldigte sich Andrea vollstens bei mir für ihr Misstrauen und schenkte mir als Wiedergutmachung einen tollen Ritt. „Es sah so aus, als würdest Du sie gerade küssen", erklärte sie mir später, „aber als ich dann ihr Gesicht sah, war mir klar, dass ich Dir massiv Unrecht getan hatte. Entschuldige bitte dafür. Du bist der beste Mann, den es gibt." Kuss. Kuss.

Kerstin trennte sich natürlich von ihrem gewalttätigen Bumser. Ihre Blessuren heilten schnell, keinerlei Narben blieben zurück. Schön. Unser Verhältnis wurde von Tag zu Tag inniger, sie vertraute mir mittlerweile voll und ganz und war mir für ewig dankbar für die Hilfe, die ich ihr schenkte. Zudem lieferte sie als Praktikantin echt gute Leistungen ab.

Der nächste Businesstrip stand an. Zürich. 3 Tage TV-Kongress, bei dem ich präsent sein musste und selbst 2 Vorträge hielt. Als Begleitung nahm ich ganz bewusst Kerstin mit, die sich darüber mächtig freute. Ich buchte das schöne Hotel „Züricher See", 2 Einzelzimmer nebeneinander. An einem Donnerstagnachmittag stand die lange Autofahrt an.

In meinem BMW mit sämtlicher Sonderausstattung düsten wir los. Die Stunden vergingen wie im Fluge, da wir fantastischen Smalltalk führten. Kerstin wollte mehr über mich wissen, fragte mich über Andrea und meine Beziehung aus und wollte wissen, ob ich treu sei. „Naja", räusperte ich mich, „ich handhabe das so ähnlich wie Du." Sie kapierte und grinste.

Kerstin erzählte mir offen über ihr Liebesleben, dass sie vor dem Schläger 2 Beziehungen hatte, aber nie ganz treu sein konnte. „Das ist glaube ich nichts für mich, die Monogamie, ich brauche die Abwechslung", sinnierte sie vor sich hin. Auch lesbische Erfahrungen hatte sie schon gemacht, auch schon Dreier mit 2 Männern erlebt. Geil! Mit 22 hat die echt schon einiges auf dem Kerbholz.

Endlich angekommen! Punkt 19 Uhr war es, als wir das Hotel betraten. Schön war es. Unsere Zimmer standen dem in nichts nach. Am Empfang wurde uns erklärt, dass Sauna und Wellness-Bereich bis 20 Uhr geöffnet seien, sollten wir Lust darauf haben. Wir schauten uns an und waren uns sofort einig: Ja, haben wir!

Hastig stellten wir unsere Koffer ab und zogen uns entsprechend um. Bademantel und Badelatschen, beides vom Hotel gestellt, sonst nichts. 5 Minuten später standen wir im Aufzug auf dem Weg nach unten. Mir war klar, dass dies etwas Besonderes werden könnte. Kerstin war ein sehr attraktives und offenes Mädel. Seit dem Vorfall flirtete sie immer wieder mit mir. Ich wusste, sie mag mich.

Das Hotel hatte 2 Saunen, eine Citrus und eine Pfefferminze. Die Citrus war belegt, mindestens 3 schwitzende Körper konnte ich erkennen, die Minze war leer. Also dort hinein. Ich machte den Anfang, entledigte mich meines Mantels, nahm mir ein Handtuch vom Stapel und setzte mich auf die obere Empore. Und Kerstin? Wo war sie? Hatte sie Schiss bekommen und war sie abgehauen? Oder hatte sie sich für die andere Saunakabine entschieden? Hm. Über 2 Minuten wartete ich, immer noch kein Zeichen von ihr. Dann endlich öffnete sich die Türe und eine tropfende Kerstin kam herein. Pudelnackt. „Ich war noch unter der Dusche, das soll man ja vor dem Saunieren."

Lächelte sie süß und legte sich eine Empore unter mir hin. Was ich sah, war der helle Saunawahnsinn: ein absoluter Traumkörper! Kerstin lag da, hatte die Augen geschlossen und die Lippen sinnlich bewusst ein wenig geöffnet.

Ich betrachtete sie von oben bis unten: Ihre langen blonden Haare waren zusammengebunden, ihre Brüste jugendlich wunderschön, 2 Piercings verzierten die Brustwarzen, ihr Bauch war trainiert und faltenfrei, ihre Muschi kahl rasiert, aber gepierct, ihre Schenkel zart und sexy. Ihre Fußnägel grün lackiert. Uff. Ich bekam sofort einen Ständer. Da aber kein Besuch hereinschneite, genehmigte ich mir diesen.

Nach 5 Minuten drehte sich Kerstin um und legte sich bäuchlings. Nun konnte ich ihre Backside inspizieren: Ihr Rücken war tätowiert, Engel- und Teufelsymbole waren da drauf, sah gut aus. Ihr Po könnte jedes Playboy-Cover zieren. Sie war eine absolute Traumfrau mit diesem Hammerbody! Nach weiteren 5 Minuten stand sie auf und meinte: „So, ich brauche eine kurze Pause." Sie verließ die Sauna und bog ums Eck, wohl unter die Dusche. Ich folgte ihr und verdeckte mein immer noch erigiertes Glied so gut es ging mit dem Handtuch.

Das kalte Duschwasser brachte mich wieder zur Ruhe. Nach 10 Minuten auf der Liege war noch Zeit für eine zweite Saunarunde. „Diesmal in die Citrus", meinte sie fröhlich und wir checkten ein. 2 Männer waren noch drin und 2 weitere kamen dazu. Kerstin lag wieder mit geschlossenen Augen auf dem Rücken und präsentierte ihre Schönheit allen. Das zeigte schnell Wirkung. 3 der 4 anwesenden Männer bekamen eine Erektion. Auch ich war mal wieder dabei.

Peinlich berührt verließen 2 mit ihrem Knüppel schnell die Sauna, während der dritte pervers Kerstins Körper anstarrte und dann hasserfüllt in meine Richtung blickte, weil er dachte, sie sei mein Mädel. Als er und der andere, kaltherzige Mann raus waren, lachte ich laut auf und verriet Kerstin das Geschehene: „Stell Dir vor, 3 von den 4 Kerlen hatten einen Steifen. Die haben Dich angestarrt und sind dabei voll geil geworden." „Ist nichts Neues für mich", winkte sie ab, „ich weiß, welche Wirkung ich auf Männer habe." So ein Luder!

Als wir die letzten Minuten vor Schließung des Bereiches Seite an Seite im Bademantel relaxten, blickte sie plötzlich rüber zu mir und fragte mich: „Und Du, hattest Du auch einen Steifen?" Erwischt! Was sollte ich ihr antworten? Am besten die Wahrheit: „Beide Male", gab ich offen und ehrlich zu. Bestätigt lächelte sie in sich hinein und zwinkerte mir zu.

Ehe wir das Gespräch vertiefen konnten, mussten wir den Saal räumen. Umziehen, essen. Kerstin kam so, wie ich sie liebte: im Minirock mit sexy Top. Ich elegant in Jeans, Hemd und Sakko. Das Essen schmeckte hervorragend. Wir unterhielten uns gut. Der Wein war köstlich, die Stimmung wurde heiß zwischen uns.

„Nach Sauna ist eine schöne Massage das Beste", versuchte ich mein Glück. Aber bevor ich „Bekomme ich eine von Dir?" sagen konnte, sagte sie: „Bekomme ich eine von Dir?" Sie war schneller, aber dachte in dieselbe Richtung. Cool. „Gerne", antworte ich, „aber nur, wenn ich dann auch eine von Dir bekomme." „Geht klar", nickte sie.

Wir gingen in ihr Zimmer und sie verschwand kurz im Bad, während ich mein Sakko, meine Schuhe und die Jeans auszog. Gerade als ich mir mein Hemd aufknöpfte, knöpfte sie die Tür auf und kam splitterfasernackt auf mich zu, griff mich beim Hemd, zog mich zum Bett und ließ sich genüsslich bäuchlings darauf fallen. „Ich gehöre Dir, Champ, jetzt freue ich mich auf eine wunderschöne Massage. Du darfst mich überall massieren, wo immer Du willst."

Solch eine geile Einladung konnte ich keinesfalls ausschlagen. Ich entledigte mich des blauen Hemdes, nahm etwas Creme, die seitlich am Bett auf mich wartete, und begann, ihren wunderschönen Rücken zärtlich-intensiv zu massieren. Kerstin stöhnte ins Kissen und genoss.

Ich beschloss, sie richtig schön zu verwöhnen und ließ mir Zeit. Über eine ½ Stunde knetete ich ihren Rücken durch, ehe ich tiefer zum Po wanderte und auch diesen massierte. Lasziv öffnete sie ihre Beine, sodass ich ihr zwischen die Schenkel fahren und von hinten ihre feuchten Schamlippen ertasten konnte. Als ich über ihr A-Loch fuhr, atmete sie tief ein uns aus.

Also nochmal. Und wieder. Aber auch ihre wunderschönen Beine wollten eingecremt und massiert werden. Zuerst den linken Schenkel, dann den rechten. Dann beide.

„Mach doch mal kurz die Augen zu", hörte ich auf einmal ihre Stimme im Raum. „Warum?", fragte ich unsicher nach. „Frag nicht, sondern tue es." Na gut, dachte ich, und schloss sie. „Jetzt aufmachen", hallte es 20 Sekunden später in meine Ohren. Ich öffnete und entdeckte 1 eingepacktes Kondom auf ihrem Rücken. Wortlos wusste ich, was zu tun ist!

30 Sekunden später drang ich auch schon von hinten in sie ein. Kerstin lag flach auf dem Bauch und streckte mir ihren süßen Arsch entgegen. Mein Penis war zum dritten Mal für sie steif an diesem Abend, und legte nun los.

Zärtlich und doch intensiv vögelte ich sie und entlockte ihrem Mund so manchen Schrei und ihrem Körper geil zuckende Windungen. Doch ihre enge Muschi war zu viel für mich: Bevor ich merkte, dass der point of no return am Kommen war, war er auch schon überschritten und ich ejakulierte nach nicht einmal 3 Minuten.

Überrascht drehte sich Kerstin über die Schulter um zu mir, während ich mich seitlich fallen ließ: „Hey, war´s das denn schon?" Ich holte erst mal Luft: „Ja, sorry, ich bin gerade gekommen. Zu früh, ich weiß, aber der Fick mit Dir war einfach so verdammt geil. Ich konnte ihn nicht mehr halten." Eine wahre Ausrede, die Kerstin aber nicht gefiel. „Und ich dachte, wir treiben es jetzt eine ½ Stunde oder länger in allen denkbaren Positionen."

„Keine Sorge, meine Süße, das werden wir heute noch, versprochen", schenkte ich ihr ihr niedliches kindliches Lächeln zurück. „Bis dahin, dreh Dich doch mal um", kommandierte ich sie und legte in der Zeit das Kondom mit Inhalt weg. Sie verstand und öffnete ihre Beine. Ich tauchte ab in das süßeste Paradies, das ich je geschmeckt habe. Nach Lavendel und Rose roch es. Naja, vielleicht lag es auch am aromatisierten Gummi, das wir benutzt hatten. Egal. Köstlich schlürfte ich ihre hautfarbenen Schamlippen hoch und runter und konzentrierte mich auf ihre fast viereckige Klitoris.

Die pulsierte wie verrückt, als ich sie zu lecken begann. Mit viel Druck und meiner speziellen Technik musste sie so nach höchstens 5 Minuten heftig kommen. „Wahnsinn, das war heftiger als ein Womanizer-Orgasmus, und der ist schon krass", seufzte sie.

Aha, sie kannte und besaß das Wunderteil also auch! Ehe sie ausruhen konnte, war ich schon wieder in ihrem Schoss vergraben und schenkte ihr kurz darauf einen zweiten, noch heftigeren Höhepunkt. „Crazy, wie geil Du das machst!", lobte sie mich und küsste mich endlich zum ersten Mal auf den Mund. Sweet. Dann in den Mund. Mit Zunge. Noch sweeter.

Während des Knutschens spürte ich ihre Hand plötzlich an meinem Penis, der längst wieder steif war. „Jetzt aber", küsste sie weiter und hielt mir ein neues Kondom hoch. Ich schnallte es über und wurde von ihr nach unten kommandiert, diesmal wollte sie auf mir reiten. Der Anblick Kerstins auf mir war nicht in Worte zu fassen. Ich hatte das Gefühl, der Teufelsengel sitzt da auf mir drauf. Die Sünde und Schönheit persönlich.

Ihre kindlich aussehende Pussy rutschte auf und ab und verschluckte meinen ganzen Penis immer wieder. Ihre festen Brüste waren ein Traum. Oh nein! Kaum begonnen mit dem Ritt, spürte ich schon wieder meinen Orgasmus viel zu früh anfahren. „Verdammt noch mal, was ist denn los mit mir? Diesmal musst Du länger durchhalten!", sagte ich still zu mir, doch ich hatte keine Chance. Kerstins Ritt war einfach zu geil und ich kam erneut nach gerade mal 3 oder 4 Minuten zum Cumshot.

Kerstin spürte dies. Sie ritt ein wenig aus, dann schaute sie mich vorwurfsvoll an: „Hey, kommst Du eigentlich immer so schnell?" „Nein", erwiderte ich, „normal nicht. Normal kann ich locker eine ½ Stunde durchhalten. Ich habe meinen Dong gut im Griff." „Und warum bei mir nicht?" „Es muss an Dir liegen, Du bist einfach so verdammt sexy und so gut im Bett."

Das zauberte ihr wieder ein Lächeln in ihre hübsche Gesichtspartie. „Sei mir nicht böse, dass ich so schnell gekommen bin, ich verspreche Dir, Du wirst heute noch Deinen 30-Minuten-Fick bekommen." „Alles gut", lächelte sie und kroch in meinen Arm. „Ich fühle mich sehr wohl bei Dir", knabberte sie in mein Ohr und küsste mich auf den Mund.

„Ich auch mit Dir, Süße", küsste ich sie zurück. Nach einer Kuschelstunde wurde ich wieder munter. Das merkte auch Kerstin, die schon ihre Hand an meinem Dong hatte und ihn für Runde 3 vorbereitete. „Diesmal ich in der Missionarsstellung", kündigte ich ihr an und steckte ihn vorsichtig rein. Kerstin spreizte ihre Beine weit auf und ich begann zu rammeln. Schön langsam, um meinen Höhepunkt bestmöglich hinauszuzögern. Kontrolliert fickte ich sie, bis wir in Löffelchen wechselten. Das war auch geil.

Dann wollte sie rückwärts auf mir reiten, auch gut. Nun im Stehen. Puh. Wir beide waren schon ordentlich verschwitzt, aber noch nicht am Ende. Eine seltsame Figur aus dem Kamasutra sollte es sein, die Kerstin sich nun wünschte. Einverstanden. Wir mussten ein wenig gelenkig sein, aber es funktionierte. Kerstin kam zum Orgasmus, was wiederum meinen Samenerguss bedingte. Glücklich und erschöpft sanken wir beide dann zusammen und atmeten tief durch.

„Das war echt geil", war das erste, was sie sagte, „das war richtig geiler Sex. Danke dafür." Ich freute mich wie Joe und nahm sie fest in meinen Arm. So schliefen wir ein. In der Hektik hatten wir vergessen, den Wecker zu stellen, so mussten wir am nächsten Vormittag echt schnell machen, um nicht zu spät zum wichtigen Kongress zu kommen. Das Frühstück musste leider ausfallen. Schade.

Der Tag war lang und anstrengend. Mein Fachvortrag über die „Erschaffung und Umsetzung spannender TV-Formate" lief äußerst erfolgreich. Einige Kolleginnen flirteten heftig mit mir und wollten mich für ihr Bett gewinnen. Vor allem die attraktive Susanne, eine bekannte Jungproduzentin Anfang 30, die sich schon am späten Vormittag nach meinem Talk an mich ranschmiss.

Sie war hübsch und intelligent, trug Businessstil mit langen, braunen Haaren. Die musste ich haben! Aber nicht hier und nicht jetzt, das konnte ich der süßen Kerstin nicht antun. Susanne war mir auf jeden Fall eine Sünde wert. Im netten Gespräch am Mittagstisch einigten wir uns auf eine baldige Kooperation.

Ich würde demnächst in ihre Firma nach Stuttgart kommen und dort mit ihr und ihrem Team gemeinsam etwas Spannendes auf die Beine stellen. Und mehr.

Zurück zu Kerstin. Nach der Arbeit und vielen förderlichen aber auch einigen sinnlosen Gesprächen zogen wir uns dezent um 18:30 Uhr zurück und verzichteten auf die große Galaparty, da wir erneut Sauna und mehr genießen wollten. In der Wärmekabine sorgte der Engel wieder für 2 Steife, die übereilig und peinlich ergriffen die Sauna verließen, zumal deren Frauen neben ihnen saßen. Danach aßen wir edel beim Edel-Italiener zu Abend und starteten unseren Sex-Abend.

„Du, bekomme ich heute die versprochene Massage von Dir?", flötete ich sie interessiert an. „Klar, leg Dich hin und relaxe", konterte sie aufgeregt und packte ein Fläschchen Baby-Öl dazu. Ich legte mich auf dem Bauch, schloss meine Augen und wartete. Zärtlich startete Kerstin mit ihrer erotischen Massage. Es war himmlisch. Ihre sanften Hände streichelten meinen Rücken, meinen Nacken, meine Schultern und meine Arme entlang.

Dann endlich den Po. War das aufregend! Zärtlich flutschte sie zwischen meine Beine und unter mein Becken. Und schon hatte sie den längst steifen Steve in ihren Händen. Geil, wie sie auch meine Hoden massierte dabei. Irgendwann musste ich mich umdrehen, denn sonst hätte ich das Bett bekleckert. Da stand er nun, hoch wie der Eifelturm, gerader als der Schiefe Turm von Pisa, und wartete auf weitere Berührungen.

Kerstin griff nach einem Haarband, knotete fix ihre langen, sauberen Haare zusammen und senkte ihren Mund. Was folgte, war ein sensationeller Blowjob! Ich hörte das Halleluja in meinen Ohren pfeifen. Mit ihrem Zungen-Piercing spielte sie an meiner Eichel und verwöhnte mit ihren Lippen meinen Penisschaft.

„Warte", hechelte ich aufgeregt, „das ist so geil, wie Du das machst, darf ich das Finish aufnehmen?", fragte ich übermütig. „Ok", grinste sie, „aber nur, wenn wir danach auch unseren Fick aufnehmen." „Deal", keuchte ich und schnappte mir mein iPhone.

Schnell musste ich sein, da mein Orgasmus am Kommen war. 30 Sekunden später spritzte ich meinen Samen in ihren Mund hinein. Die erste Ladung schluckte sie, dann wichste sie schön mit der Hand weiter und verteilte die Ladungen 2 bis 4 in ihrem Gesicht. Ladungen 5 bis 7 landeten auf meinem Bauch.

Nach Ladung 8 war Schluss. Sie setzte mit ihrem Mund wieder an, züngelte geil an meiner Spitze herum und lutschte nun mein komplettes Glied sauber. Wahnsinn!

Alles recorded! Juhuu! Während sie sich in meinen Arm kuschelte, schauten wir uns den Cumshot gemeinsam an – eine der allerbesten Aufnahmen, die ich je angefertigt hatte! Danke, Kerstin. Während ich mich erholte, leckte ich die süße, cleane Muschi zu 3 Orgasmen. Danach wurde gefickt: Ich sie von vorne, oben, hinten, unten, seitlich. Sie mich von vorne, oben, hinten, unten, seitlich. Mein Höhepunkt kündigte sich an, als sie auf mir ritt. Schnell hob sie ihr Becken, riss mir das Kondom weg und wichste mich für die Aufnahme schön sichtbar zu Ende. Hoch spritzte ich wieder heraus und sie lächelte teuflisch-geil dabei.

Erschöpft aber glücklich schliefen wir ein. Der nächste Tag startete mit einem Guten-Morgen-Blowjob zum Wachwerden. Nach herzhaftem Frühstück hielt ich in der Kongresshalle meinen zweiten Vortrag und hatte den ganzen Tag über wieder mit diversen mich anflirtenden Frauen, vor allem wieder Susanne, zu kämpfen. Kerstin bekam das natürlich mit und grinste nur, schließlich wusste sie, würde sie am Abend wieder diejenige sein, die mich besaß.

Das tat sie dann auch. Sie blies mir einen, ich leckte sie und dann fickten wir zweimal hintereinander, da ich das erste Mal schon nach 2 Minuten in ihr kommen musste. Nach enger Nacht ein letzter Früh-Fick, dann ging es nach Brot & Käse zurück nach München.

Kerstin blieb noch 3 Monate bei uns, dann verließ sie uns nach Frankfurt. In diesen 3 Monaten hatten wir noch ein paar Mal Sex, meist abends bei mir im abgeschlossenen Office oder in einem Stundenhotel. Es war immer geil mit ihr!

Claudia

Die Claudia war ein krasses Kapitel meines Lebens, das ich gerne vergessen würde. So ein Shit! Aber das wusste ich davor ja nicht. Ich lernte sie auf dem Parkplatz unserer Firma kennen. Sie war von einem namenlosen, dafür billigen Auto-Reparatur-Service und eine taffe Frau.

Der Wagen neben mir schien einen Defekt zu haben, da werkelte sie ordentlich dran herum. Ich sah nur ihre Füße, die unter dem Auto hervorschauten, die versperrten mir den Weg zu meiner Tür. „Vorsicht, Entschuldigung", warnte ich sie, was sie dazu bewegte, zum Vorschein zu kommen. Ihr Gesicht war ölverschmiert, in ihrer blauen Arbeitskleidung sah sie aus wie eine 80-kg-Tonne.

„Haben Sie ein Problem?", fuhr sie mich frech an. „Ja, ich will wegfahren und Sie sind im Weg", gab ich mimikfrei zurück. Es entwickelte sich ein Wortduell, welches ich einlenkte und anmerkte, dass ich ihr ja nicht über die Füße fahren wolle. Sie beruhigte sich, verschwand wieder unter dem Auto und werkelte weiter. Mir war es Wurst und ich düste in meinem hochklassigen BMW davon.

Als ich am nächsten Morgen wieder in die Firma kam, stand da schon wieder der Pannenservice und erneut sah ich eine Person, die an demselben Auto rumwerkte. Es war wieder Claudia. „Haben Sie dem armen Auto gestern den Rest gegeben?", scherzte ich. „Haha, kleiner Scherzkeks, wie? Wohl ein Lachgummi gegessen …", fauchte sie zurück. Diesmal hatte sie kein Ölgesicht, sondern ein geschminktes, und das war sogar ziemlich hübsch.

Ich hatte noch ein wenig Zeit, also flirtete ich mit ihr. Erstaunlicherweise widmete sie sich tatsächlich mehr mir als dem schrotten Wagen und zeigte Interesse an einer gemeinsamen Cola nach Feierabend. Wir trafen uns in der Star Bar am Isartor und stießen auf den Feierabend an. Zum ersten Mal sah ich Claudia privat. Sie war geschätzte Anfang 30 alt und wog etwa 65 kg bei einer Größe von knapp 1,65 m.

Ihre Figur war – sagen wir es mal so – eine 4: ausreichend. Dafür hatte sie das gewisse Etwas im Gesicht. Sehr verführerische Augen und einen ausgesprochenen Blasemund, den ich unbedingt ausprobieren wollte.

Die Cola schmeckte gut und das Gespräch mit Claudia kam in Fahrt. Sie erzählte mir, dass sie Single sei und ihr Leben in vollen Zügen genieße. Ich erzählte ihr dasselbe. Was soll´s. Auch die zweite Cola schmeckte gut, der Whiskey darin schien die kesse Blondine aufzuheitern. Als es immer später wurde, wurde sie immer geiler. Ihre Hand lag längst auf meinem Oberschenkel und ihr etwas wabbeliger Körper wollte mich spüren.

„Komm mit zu mir, dort sind wir ungestört", hauchte sie mir ins Ohr, und hintereinander fuhren wir in die Sackgasse 3 in Garching, wo sie wohnte. Eine 4-Zimmer-Wohnung war es im 4. Stock, die mich erwartete. Sie fühlte sich wie Zuhause und machte sich im Bad frisch. Ich schaute mich um und sah einige Männerklamotten herumliegen. Seltsam. Hatte diese ihr Lover aus der Nacht davor vergessen?

Als ich dann kurz ins Bad durfte, staunte ich weiter: Da waren 2 Zahnbürsten. Vielleicht putzt die sich ihre oberen Zähne mit der einen und die untere Zahnreihe mit der anderen … Doch viel Zeit zum Nachdenken hatte ich nicht, es war mir auch egal, denn jetzt hatte ich nur noch eines im Kopf: SEX!

Der Blondschopf lag schon genüsslich auf dem großen Bett und wartete auf mich. Als ich mit Unterhose zu ihr stieg, lag ich kurz darauf ohne neben ihr. Ja, so schnell ging das. Ich küsste sie. Das konnte sie gut. Ihre Blaselippen küssten meine Lippen sehr gut. Ich schmeckte Erdbeere, sie hatte sich wohl ein Erdbeerlippenbalsam aufgetragen. Aber da ich Erdbeeren mag, war dies kein Problem. Meine Hände spürten ihren Körper und ihre Speckröllchen.

Ich mag das ja nicht so, ich stehe auf schlanke Frauen mit gut trainierten, festen, strammen, sexy Körpern. Auf eine Ziehharmonika im Bett verzichte ich sonst gerne. Aber besagte Ziehharmonika war eine Ausnahme wert. Während ich die Tonleiter auf und ab spielte, knetete sie meine Brust und klimperte auf meiner Bauchmuskulatur herum.

Ich konzentrierte mich nun auf ihre Brüste, und die waren riesig. Riesig und echt. So groß sahen sie vorhin unter dem Pulli gar nicht aus. Geil ist das! Während ich an ihrer linken Warze saugte, nahm sie vorsichtig aber gekonnt meinen Lümmel in die Hand und beschäftigte ihn gut. So spielten wir uns in halbe Ekstase.

„Weißt Du was? Ich lege mich jetzt hin, Du hockst Dich über meinen Bauch und darfst mich tittieficken", grinste sie mich plötzlich an und brachte sich in Position. Ein Tittenfick ist etwas Seltsames für mich. Irgendwie stehe ich da nicht so drauf. Ein paar Mal hatte ich es in meinem Leben gemacht, aber lieber ficke ich Muschis.

Aber Claudias Einladung war einen Versuch wert. Mein schöner Penis verschwand zwischen ihren Dolly-Buster-Möpsen, die ihm Wärme und Reibung schenkten. Ich bewegte mich schneller und schneller, bis ich kam. Ich kleckste Claudias Titten voll, sah aber nichts davon, da ihre großen Brüste alles bedeckten. Als Dankeschön für die echt nicht so schlechte Busenmassage leckte ich sie zu einem saftigen Orgasmus.

Ich hatte es mit einer Frau zu tun, die eine weibliche Ejakulation beherrscht. So etwas habe ich schon einige Mal erlebt. Manche Frauen kommen lecker, andere eklig. Die meisten kommen leider eklig. Claudia gehörte der Mehrheit an. Ich erschrak, weil ich nicht vorbereitet war, aber stand trotzdem meinen Mann. Tapfer leckte ich sie zu Ende und entschuldigte mich dann ins Badezimmer, wo ich mein Gesicht frisch wusch und erneut über die vielen Männerartikel, die hier rumstanden, nachdenken musste.

„Sag mal, hast Du feste Lover, oder warum sind so viele Männersachen hier in der Wohnung?", fragte ich sie. „Die Sachen gehören meinem Ex, ich komme einfach nicht dazu, sie wegzuräumen und ihm zurückzugeben", antwortete sie gleichgültig und küsste mich. Ich vergaß meine Bedenken und küsste fleißig mit. Nach einer ½ Stunde Rekonvaleszenzzeit war ich fit für 'nen Fick. Claudia auch. Doch leider hatte sie keine Kondome parat. Fuck! Ich wollte trotzdem unbedingt, also steckte ich ihn ihr so rein.

61

Claudias Muschi war wellig und haarfrei, auch hier war besagte Ziehharmonika präsent. Schade, dass eine Frau mit Anfang 30 schon so einen faltigen Körper haben kann, aber wo Pfunde zu viel sind, kann nichts glatt sein. Sizilianische Bauernweisheit. Ihre Muschi war leider etwas weit, ich spürte nicht so viel wie ich sah. Trotzdem bediente mein Steifer ihre Vagina gut und hart, bis ich kam.

Kurz davor zog ich ihn heraus und wichste ihre Titten voll. Erleichterung machte sich breit. Doch große Lust, bei ihr zu übernachten, hatte ich nicht. Nach ein wenig Smalltalk zog ich mich an, duschte mich frisch und düste nach Hause.

Der nächste Arbeitstag war lang und hart, und nachdem ich meine Kinder bei meinen Schwiegereltern besucht hatte, Andrea befand sich nämlich 3 Wochen auf Kur, ging es wieder zu Claudia. Die erwartete mich mit einem Strip, den ich eigentlich gar nicht sehen wollte, und einem Blowjob, der mich für den Strip entschädigte.

Sie blies gut und tief, ihre Hände wussten, wie man dabei Hoden krault. Erneut lecken wollte ich sie nicht, also fingerte ich sie, bis sie kam. Ich orderte sie auf den Bauch und rieb von hinten an ihr herum. So spritzte sie nicht auf mich, sondern ins Bett. Die kleine Pfütze bedeckte ich dann unauffällig mit einem Kissen, so störte es mich nicht weiter.

Nun stand der Geschlechtsverkehr an. Diesmal hatte ich vorgesorgt und Gummis mitgebracht. Welche mit extradicken Noppen für die Höhlenmassage. Doggy Style kniete sie sich vor mich und hielt mir ihren wackeligen Po hin. Egal, hinein. Ich stieß heftig zu und reagierte mich gut ab. Nach 10 Minuten rollte mein Orgasmus an, den ich in das Kondom schoss. Naja, der Sex mit ihr war nicht der beste, aber unkompliziert. Claudia war wie gesagt keine Schönheit, hatte aber etwas Reizvolles, trotz ihrer Extraröllchen.

Nachdem unser drittes Sextreffen mit meinem Cumshot in der Missionarsstellung endete und ich 1 Stunde später noch in ihren Mund kam, sollte unser Date 4 tödlich enden. Und zwar fast für mich. Mitten im Liebesspiel stand plötzlich ein großer Mann im Raum, ließ seinen Koffer fallen und fragte verdutzt:

„Was ist denn hier los?!" Es war Claudias fester Freund, mit dem sie – wie ich später erfuhr – seit 6 Jahren zusammen war und auch die Wohnung teilte. Er war 2 Tage früher als geplant – als Überraschung sozusagen – von einem dreiwöchigen Asientrip zurückgekehrt und hatte uns in flagranti erwischt.

Noch bevor ich klar denken konnte, spürte ich heftige Schläge auf mich niederprasseln. Dieser Boxer kannte keine Gnade. Wild und wütend schrie er mich an und testete, ob ich als Box-Sack durchgehen könnte.

Ich bekannte mich schuldig, indem ich mich nicht wirklich wehrte, was bei diesem Monster aber auch sinnlos gewesen wäre, und versuchte, die Schläge so gut es ging abzufangen. Ich griff nach meinen Klamotten und wollte irgendwie die Tür erreichen. Im Gerangel, in das sich nun auch Claudia einmischte und versuchte, ihren Partner zu beruhigen, konnte ich dann entkommen und flüchtete nach draußen, ab in mein Auto und auf und davon!

An einem kleinen Waldweg blieb ich geschunden stehen und zog mich erstmal an. Mein Herz pochte wie wild, mein Schädel dröhnte, mein ganzer Körper schmerzte. Dieser brutale Wichser hatte mich überall getroffen. Noch nie hatte ich physisch Prügel einstecken müssen in meinem Leben, diese neue Erfahrung gefiel mir überhaupt nicht.

Zuhause blickte ich in den Spiegel: Man konnte deutlich sehen, dass ich unter den Roller gekommen war. Shit! Gebrochen war wohl nichts, aber Prellungen hatte ich einige. Am nächsten Tag saß ich um 8 Uhr morgens bei meinem Hausarzt und ließ mich komplett durchchecken. Das junge Arztmädchen an der Rezeption war sehr nett und sehr hübsch …

Schluss mit Fremdgehen?

…doch mein Kopf rauchte. Während ich im Wartezimmer saß und die Schmerzen spürte, rief mich Andrea an. „Wie geht´s Dir, mein Schatz?", fragte sie mich liebevoll. „Nicht gut", entgegnete ich, „ich sitze beim Arzt, bin ausgerutscht und einige Treppen heruntergefallen", log ich sie an.

„Oh mein Gott, Schatz!", kreischte sie und bemitleidete mich wie Hannes. „Ich sitz hier beim Arzt, es wird schon nichts gebrochen sein, aber ich schicke Dir mal ein Foto von meinem Gesicht. Nichts für schwache Nerven."

Ein paar Selfies später kam ein schockiertes geschriebenes „Oh mein Gott!!" zurück und mein Handy klingelte. „Oh mein Gott!!", schrie Andrea in den Hörer und bemitleidete mich wie Hannes 2. Als ich aufgerufen wurde, würgte ich Schatz ab und folgte der jungen Schönheit ins Ärztezimmer, wo ich dem Doc natürlich die Wahrheit erzählte.

Die Fremdgeh-Story ließ ich weg, aber die Schlägerei, in die ich geriet, war echt. Er checkte mich durch und meinte, dass nichts gebrochen sei. Zum Glück! Lediglich die Prellungen und Schürfwunden würden mich noch ein wenig begleiten. Er verschrieb mir gute Salben und ein paar Schmerztabletten. Das kesse, schwarzhaarige Empfangsmädchen lächelte mich freundlich an und werkelte an ihrem PC herum, bis meine Rezepte ausgedruckt waren. Ich flirtete sanft mit ihr, doch fühlte mich aufgrund meines entstellten Aussehens nicht in der Lage und Position, weiter zu gehen.

Höflich verabschiedete ich mich von ihr und ging in die nächste Apotheke. Am Abend erhielt ich einen Anruf von Claudia, die sich vielmals bei mir entschuldigte für die Prügel ihres Freundes. Eigentlich war ich stinkwütend auf sie, doch ich hatte einfach nicht die Kraft, sie anzuschreien. Ich ließ also ihren Erguss über mich ergehen, sagte trocken „Ist schon gut" und legte beleidigt auf. Damit war das Thema für mich abgeschlossen. Ich hörte nie wieder etwas von ihr und ihrem brutalen Schläger-Penner.

Am Abend lag ich schmerzend im Bett und fragte mich, ob dies mein letzter Fremdfick gewesen war. Viel sprach dafür, doch noch mehr dagegen. Ich redete mir ein, dass ich diesmal einfach Pech hatte, was ja auch stimmte, und ich entschloss mich, sobald ich wieder richtig vorzeigbar war, ein nächstes Abenteuer zu suchen. Mit süßen Gedanken an die kleine Schüchterne vom Doc schlief ich ein.

Die Schmerztabletten wirkten erstaunlich gut, am nächsten Tag ging ich zur Arbeit und tischte meinen Untergebenen die Story vom Treppensturz auf. Der Tag verging dank viel Arbeit wie im Flug, und abends fand ich mich im Kaufland wieder, wo ich mit dem Wagen voller Getränkekisten die Kassen ansteuerte. Doch wie so üblich sind dort kurz vor Feierabend meterlange Schlangen an jeder Zahlstation zu finden.

Ich ärgerte mich und schaute mich um. Und wer stand direkt hinter mir? Die Kleine vom Doc! Sie strahlte mich an und meinte grinsend: „Hey, so trifft man sich wieder." Ich freute mich und setzte mein bestes Lächeln auf. „Wie geht es Ihnen heute?", fragte sie mich liebevoll. „Besser", meinte ich, während mein Blick auf das braunhaarige Mädel neben ihr fiel. So etwas Hübsches hatte ich lange nicht mehr gesehen.

„Ach, das ist die Svenja, meine Mitbewohnerin", stellte sie mir die Svenja vor. Ich war hin und weg, sexuell überaus gereizt. Wie war das nochmal: Hatte ich mir letzte Nacht tatsächlich die Frage gestellt, mit dem Fremdvögeln aufzuhören? War das wirklich ich, der sich so eine dämliche Frage stellte? Wie konnte ich nur! Meine Lust war neu entfacht und ich hätte am liebsten beide Mädels sofort auf dem Kassenlaufband genommen.

Während wir weiter an der Kasse warteten, nutzten wir die Zeit mit Smalltalk. Ich erfuhr, dass Svenjas Mitbewohnerin Sissy hieß und beide blutjunge 20 waren. Während Sissy bei Onkel Doktor arbeitete, war Svenja gerade im ersten Semester eines Medizinstudiums. „Wir führen unsere WG seit 2 Jahren, sind beide Singles, somit ist alles lässig bei uns." Gefiel mir. Ich erzählte den beiden nichts von Andrea und meiner Familie, sondern ließ sie im Glauben, auch Single zu sein.

Als ich endlich dran kam und knappe 100 Euro los war, wartete ich höflich auf die beiden Prinzessinnen, die – pünktlich zum Wochenende – auch einige alkoholische Drinks eingekauft hatten. Auch Sekt war dabei. „Heute wird richtig fett gefeiert", erklärte mir Svenja, „denn Sissy hat ihre Probezeit überstanden und wird von ihrem Chef übernommen."

„Glückwunsch!", schoss es aus mir heraus. „Wissen Sie was?", fragte mich Sissy auf einmal. „Wenn Sie Lust und Zeit haben, feiern Sie doch mit, der Alkohol wird Sie ablenken von den Schmerzen, die Sie sicher noch haben."

„Woher kennst Du ihn eigentlich?", fragte Svenja halblaut ihre Freundin ins Ohr. „Aus der Praxis", gab diese zurück, „der Arme ist die Treppe heruntergestürzt." Und schon wieder wurde ich bemitleidet wie der gute alte Hannes. Ich witterte meine Chance und sagte den beiden spontan zu.

„Wenn Sie jetzt schon Zeit haben, kommen Sie gleich mit uns, unsere Party startet in genau dem Moment, wo wir unser Heim betreten." Ich konnte auch hier nicht Nein sagen, und nachdem wir unsere Einkäufe in unseren Wägen verstaut hatten, fuhr in den beiden nach und war gespannt, was ich an diesem Abend alles erleben würde.

Sissy & Svenja

10 Minuten später betrat ich eine kleine, aber sehr freundliche 3-Zimmer-Wohnung in Aufkirchen. Die Mädels wohnten in einem Mehrparteienhaus im obersten Stock mit schöner Aussicht vom Mini-Balkon auf eine Grünanlage. Sissys Zimmer war sehr mädchenhaft eingerichtet, das von Svenja deutlich erwachsener. Das Wohnzimmer verfügte über eine große, lange, breite, einladende Couch.

Nacheinander verschwanden die Mädels in ihren heiligen 4 Wänden, um sich abzuschminken und leger anzuziehen. Sissy kam in einem flusigen T-Shirt und einer weiten Jogginghose zurück, Svenja in einer Dreiviertelhose und einem Sweatshirt darüber. Sexy sah das nicht aus. Auch der Abend verlief anders als geplant. Es war eine nette Dreierrunde. Die beiden Ladies machten keine Anstanden, dass es auf Sex hinauslaufen würde. Schade.

Wir stießen Sekt an und tranken ihn. Dann ging es weiter mit Alcopops. Die beiden Mädels wollten scheinbar einfach einen lustigen Abend haben und feiern. Na gut, feiere ich halt mit. Die Musik lief laut und der Film „XXX" mit Vin Diesel flackerte auf dem neuen Laptop. Und es wurde geraucht. Mag ich nicht gerne. Eine nach der anderen wurde gequalmt, aber da musste ich durch, denn witzig war es mit den beiden ja schon.

Je länger der Abend ging, desto wilder wurde er auch. Irgendwann spielten wir komische Spiele wie Blinde Kuh und Flaschendrehen, aber sexuell ging leider nichts. War mir mittlerweile auch egal. Ich wusste, ich bin zu angetrunken, um Auto zu fahren, also plante ich, bei den beiden auf dem Sofa zu schlafen. Außerdem ist ja ohnehin morgen Wochenende. Irgendwann um 3 Uhr morgens schlief ich ein.

Wach wurde ich um kurz nach 7, als ich dringend pinkeln musste. Das Wohnzimmer sah schlimm aus, hier wurde definitiv eine große Party gefeiert. Ich pisste 2 Minuten lang alles raus und schaute in den Spiegel: Wenn mich Andrea so fertig sehen würde …

Zurück auf die Couch und weiterschlafen. Sissy und Svenja lagen auch auf der Couch, beide schnarchten besoffen vor sich hin. Ich betrachtete sie genauer: Sissys langen, schwarzen Haare waren schön und gut gepflegt. Ihr Gesicht war jung und sexy. Besonders die Nase hatte eine für mich sehr reizende Form. Ihre Hände waren klein und niedlich, die Finger dünn und schmal. Ich schätzte sie auf 52 kg bei einer Größe von 1,65 m.

Svenjas Hare waren braun und mittellang. Ihr Gesicht glich dem einer Göttin. Ihre Hautfarbe war heller als die von Sissy, und sie hatte größere Möpse, das konnte ich klar erkennen. Sie lag seitlich, was mir eine gute Sicht auf ihren Po ermöglichte. Perfekt war der.

Ich rieb mir die Augen und spürte, dass in meiner Hose etwas steif wurde. Und plötzlich war der Trieb da, der mich über all die Jahre auszeichnete und der mir hoffentlich bis zu meinem letzten Atemzug ein treuer Freund und Begleiter sein wird. Ich wurde geil! Doch beide schliefen und ich sah keine Chance auf sexuelle Handlungen mit ihnen, also erledigte ich es auf die einfache Tour: Ich holte mir einen runter.

Das hatte ich lange nicht mehr gemacht, weil ich es einfach nicht nötig habe. Entweder komme ich bei meiner Frau Andrea, die mich gerne mit Händen und Mund verwöhnt, und gerne komme ich auch tief in ihr. Oder es sind diverse andere Frauen, die ich vögele und mit denen ich mich sexuell austobe, wo ich meine Orgasmen habe.

Während ich am Ende des Sofas Platz nahm, sodass ich eine perfekte Sicht auf beide schlafenden Sex Toys hatte, knetete ich ihn mächtig hin und her, bis er steif wie ein Eisenträger war. Nun begann ich mit dem Wichsen. Zuerst fokussierte ich Svenjas geilen Hintern an und erfreute mich an ihm, dann konzentrierte ich mich auf Sissys engelhaftes Gesicht und ihre kleinen, feinen, warum nicht meine Hände.

Ich war immer noch angeschlagen von der durchzechten und alkoholbeladenen Nacht und hatte wohl nicht die komplette Übersicht, denn mittlerweile musste Svenja wach geworden sein, denn ich hörte sie auf einmal laut fragen: „Hey, was machst Du denn da?"

„Pssssssst!", verbot ich ihr das Drama und hielt meinen Zeigefinger fest an meinen Mund. Das wirkte. Svenja verstummte und glotzte mich schockiert an. „Das siehst Du doch", flüsterte ich ihr zu und hielt meinen Dong immer noch fest in der anderen Hand.

Sie war immer noch sprachlos. „Ich muss Druck abbauen", erklärte ich im Flüsterton weiter, „ich bin schon seit einer ½ Stunde wach und er ist steif wie ein Eisenträger. Das hält kein Mann aus." Svenja begann verständnisvoll zu nicken und verschwand schleichend ins Badezimmer. Ich war verunsichert. Zumindest hatte sie keinen Alarm geschlagen und Sissy wachgebrüllt.

Ich hielt meinen Ständer immer noch in Stellung, als sie zurückschlich, zu mir kam, mich an die Hand nahm, den Zeigefinger mit einem „Pssssst!" an ihren Mund hielt und mich in ihr Zimmer führte. Dann schloss sie die Tür. Oh Mann, was hat die jetzt vor? Mir einen Anschiss verpassen? Mich rausschmeißen? Es kam anders. Svenja drückte mich auf ihr Bett, schob meine Dong-Hand beiseite, kniete sich vor mich und meinte nur: „Ich erledige das für Dich."

Ich blickte in ihr müdes Gesicht, doch müde war ihre linke Hand nicht. Die wichste ziemlich schnell los, mit dem einzigen Ziel, mich zu erlösen von meiner Blutstau-Pein. Viel Erotik war nicht dabei, es sollte ein schneller, gnadenloser Handjob werden, ohne Gefühle, ohne Spiel, einfach mechanisch durchgeführt. Doch das konnte sie sehr gut. Ihre langen Finger passten gut um meinen Dong, und Wichsen konnte sie auch gut.

Fest entschlossen und eng umschlossen schenkte sie so meinem Penis die Erlösung, die er brauchte. Schon nach 2 Minuten Arbeit spürte ich meinen Orgasmus kommen und kündigte ihn an. Svenja veränderte ihre Position, sodass ich nach vorne wegspritzte, während sie von der Seite weiterwichste. Sie wichste immer weiter, bis ich leer war und mein Penis schaff wurde.

Kommentarlos zog sie mich dann wieder hoch und zurück ins Wohnzimmer, wo sie sich auf die Couch legte und ihre Augen schloss. Aha, ich hatte verstanden. Weiterschlafen ist angesagt. Gut.

69

Ich legte mich auf die noch freie Sofastelle und schlief – wie mir befohlen – kurze Zeit später ein. Wach wurde ich durch den herrlichen Geruch frischer Croissants. Ich blickte neben mich, doch neben mir lag keine mehr. Die beiden Mädels standen in der ins Wohnzimmer integrierten Küchenzeile und waren mit der Vorbereitung des Frühstücks beschäftigt. Mich lächelten 2 String-Tangas an, Sissy trug einen gelben, Svenja einen schwarzen. Beide zeigten viel mehr Po als String. Geil!

Darüber hatten beide bauchfreie Tops. Alles sehr sexy, was ich sah. Ich sah auch die Uhr an der Wand, die zeigte 12:15 Uhr. Wir hatten also doch einiges geschlafen. „Guten Morgen", lallte ich noch etwas schlaftrunken in den Raum hinein. „Guten Morgen", lallte es von den beiden zurück. Sie sahen mich an, und ich konnte gut erkennen, dass sie definitiv ein paar Liter zu viel Alkohol konsumiert hatten. Etwas zerzaust sahen sie aus, aber beide waren lieb zu mir und ich freute mich, nicht sofort aus der Wohnung geschmissen zu werden. Man hat ja alles schon mal erlebt.

Nachdem ich mich im Bad frisch gemacht und geduscht hatte, schlurfte ich in meiner Bermuda-Unterhose und brusthaarzeigendem Shirt an den Wohnzimmertisch, an dem die beiden jungen Ladies bereits auf mich warteten. „Kaffee?", wurde ich gefragt. „Kaffee!", antwortete ich. Netter Smalltalk während des Frühstücks. „Ich habe Kopfschmerzen", schoss es plötzlich aus Sissy heraus. „Oh Mann, das waren echt ein paar Gläschen zu viel gestern", hielt sie sich den Kopf fest, „ich habe durchgeschlafen wie ein Murmeltier, wie tot."

„Ich nicht", konterte Svenja, ich wurde so gegen halb 8 mal wach." Sie blickte mich an und richtete ihren Zeigefinger auf mich: „Wegen ihm." „Wegen mir?", fragte ich überrascht zurück. „Ja, ich bin wegen Dir wach geworden, kannst Du Dich nicht mehr erinnern?" „Doch, doch", murmelte ich verlegen zurück, was Sissy neugierig machte. „Was war denn los?", fragte sie wissbegierig in die Runde.

„Ach, nichts", stammelte ich zurück, doch das reichte ihr nicht. Sie fixierte Svenja, die ihr bereitwilliger Auskunft gab:

„Er konnte nicht schlafen, hatte einen Dauersteifen, da habe ich ihm kurz geholfen, und dann war alles wieder in Butter." Ich war sprachlos.

Mit welch einer verdammten Selbstverständlichkeit die Svenja über ihren Handjob an mir sprach, das erschütterte mich. Doch Sissy reagierte anders, als ich erwartet hatte. Sie blickte mich an, von oben bis unten, dann prustete sie los vor Lachen. Sie spielte dieses Lachen nicht, sondern verschluckte sich fast daran. Ich verstand nicht, was daran lustig war, und auch Svenja schaute wie ein Bahnhof.

„Also, das ist ja eine ulkige Geschichte, die ihr mir hier auftischt", keuchte Sissy mit Tränen in ihren Augen. „So etwas Doofes habe ich echt schon lange nicht mehr gehört." „Aber es stimmt", protestierte Svenja, „Du, das war wirklich so." „Ja, es stimmt, es war wirklich so", unterstützte ich Svenja. Sissy prustete schon wieder laut los und fiel vor Lachen fast vom Stuhl.

Svenja wurde zornig, stieß ihrer Freundin mit dem Ellenbogen in die Rippen und schaute sie böse an. „Hör auf, hier den Affen zu spielen. Es war so. Punkt!" Nun schien Sissy zu verstehen. Ihr Anfall endete, sie schaute uns mit großen Augen an und verstand, dass wir ihr nur die Wahrheit erzählt hatten. „Krass", brachte sie heraus, „echt?" „Ja, ich wurde um 7 oder so wach und hatte einen Steifen. Konnte einfach nicht mehr einschlafen. Ich hab´s versucht, ging aber nicht. Da wollte ich mich schnell erleichtern.

Dabei ist dann Svenja wach geworden, hat das mitbekommen und mir dabei geholfen. 5 Minuten später sind wir dann wieder eingeschlafen." Meine ehrliche Ausführung erntete ein ständiges Nicken bei Svenja und einen offenen Mund bei Sissy. „Du hast ihm einfach so einen runtergeholt?", mahnte sie ihre geliebte WG-Partnerin an. „Klaro, wo ist das Problem?", schoss Svenja zurück. „Du hast Sex mit ihm gehabt!" „Nö, war doch kein Sex, sondern nur ein Handjob!"

Die Diskussion der beiden Mädels ging weiter … doch langsam fing es an zu nerven. Ich verstand Sissys komisches Verhalten nicht, was für ein Problem hatte sie? War sie eifersüchtig? Prüde? Oder einfach nur asexuell?

„Schluss jetzt, verdammt noch mal!", plärrte ich dazwischen. „Hört auf damit!" Ruhe. Wo ist das Problem, Sissy?", fragte ich sie direkt ins Gesicht. „Svenja hat mir einfach kurz einen runtergeholt, mehr nicht. Es ist sonst nichts passiert. Ich konnte nicht schlafen, hatte einen Steifen, wollte mich erleichtern, sie wurde wach, hat das gesehen und mir geholfen. Das war´s. Mehr nicht."

Mein Anschiss wirkte. Sissy hatte Tränen in den Augen, diesmal aber nicht vor Freude, sondern von meinem Angriff. Svenja nahm sie in den Arm und tröstete sie.

Ich entschuldigte mich, sollte ich etwas zu laut geworden sein, da schniefte Sissy in Svenjas T-Shirt hinein: „Und, wie war´s?" „Normal, ich weiß nicht, ich kann mich an keine Details erinnern. Ich hab ihm einen runtergeholt, drüben in meinem Zimmer, auf dem Bett, er kam, fertig." Sissy schien sich sehr für den Tathergang zu interessieren. „Und wie war es für Dich?", drehte sie sich zu mir um.

„Schön", antwortete ich lässig, „wie gesagt: Ich wurde wach mit einem Steifen. Ich wollte ihn ignorieren, doch ich merkte, dass er gestaut war und einfach kommen wollte. Dann sah ich Euch beide da so süß und sexy liegen. Ich wurde wacher und konnte erst recht nicht weiterschlafen. Da wollte ich es mir schnell selbst machen, damit ich wieder schlafen kann, da wurde auch schon Svenja wach und fragte mich, was ich da mache. Ich erklärte es ihr, da meinte sie, sie werde mir schnell dabei helfen. Sie nahm mich rüber und holte mir zügig einen runter." „Jaja, und wir war´s?", fragte Sissy mich erneut.

„Schön, habe ich doch schon gesagt", wiederholte ich mich, „aber ich kann mich auch nicht an jede einzelne Handbewegung erinnern." Das Gesprächsthema war nicht ohne, denn mein Penis war mittlerweile steif dadurch geworden. Ich bemerkte das in der Hitze des Gefechtes gar nicht, aber Sissy, die schräg neben mir saß, sah das.

„Und jetzt hast Du wieder einen Steifen, der erleichtert werden muss, oder?", fragte sie mich frech von der Seite. Ich schaute nach unten und kapierte meine Erregung. „Äh, nein … naja … irgendwie schon … ja", stammelte ich verlegen zurück.

„Dann bin ich jetzt aber dran", rief Sissy fröhlich durch den Raum und griff – bevor ich es verhindern konnte – an und in meine Shorts.

Durch die Pinkelöffnung zog sie meinen Dong an die frische Luft. Ich saß am Frühstückstisch und Sissy wichste mir einen runter. Svenja blieb seelenruhig auf ihrem Platz, von dem sie nichts Genaues sehen konnte, sitzen und frühstückte einfach weiter. Sissy aber konzentrierte sich sehr auf mich und vögelte mich mit ihren Augen. Sie setzte all ihre Reize ein, um mir einen guten Orgasmus zu beschaffen. Ich schaute an mir hinab und sah, wie ihre kleine Hand gute und zügige Arbeit leistete.

Ihr Handjob war – genauso wie der nächtliche Svenjas einige Stunden zuvor – nur auf ein einziges Ziel ausgelegt: meinen schnellen Orgasmus. Nach 4 Minuten wurde ich unruhig, und schon schoss die erste Samenladung raus. Sissy grinste und wichste schnell und brav weiter. Mein Sperma verteilte sich auf meiner Seite der herunterhängenden Tischdecke und ich spürte eine wunderschöne Entspannung in meinen Körper einströmen.

Easy wischte Sissy ihre nassen Hände an der Serviette ab und nahm sich das nächste Croissant vor. Ich wischte meinen Dong mit meiner Serviette sauber, steckte ihn wieder in meine Unterhose hinein, knöpfte sie zu und griff auch nach dem nächsten Croissant. Lecker waren die.

„Und, wie war es?", frage mich Sissy aufreizend mit extra Lidschlag. „Schön, danke", erwiderte ich und kaute kräftig weiter. „Das freut mich", grinste Sissy, und wir aßen gemütlich zu Ende. „Also, ich muss schon sagen, das waren 2 der seltsamsten Handjobs, die ich in meinem Leben bekommen habe" – mit diesen Worten beendete ich unser Frühstück. „Hä? Wie meinst Du das denn?", fragten Svenja und Sissy fast synchron.

„Naja", schaute ich in die Luft und holte Luft, „ich bin hier mit 2 wunderschönen, jungen Frauen. Wir haben uns gestern kennengelernt und zusammen Party gemacht. In der Nacht holt mir die eine einen runter, nur um mir behilflich zu sein, und am Morgen holt mir die andere am Esstisch einen runter, nur um auch mal machen zu dürfen. Und dabei isst die eine seelenruhig weiter.

Ist doch schon irgendwie ein krasses Szenario, oder, meint Ihr nicht?" Die beiden überlegten: „Hm, also so, wie Du es erzählt, klingt es schon seltsam, aber ich glaube nicht, dass Du Dich beschweren kannst: Du hast innerhalb von 6 Stunden 2 Orgasmen von uns bekommen", flötete Sissy zurücksüß zurück. „Schon", flötete ich zuckersüß zurück, „aber so bin ich das einfach nicht gewohnt." „Und wie bist Du es denn gewohnt?", mischte sich Svenja ebenso zuckersüß ein.

„Ich bin es gewohnt, dass das Ganze auch mit Erotik zu tun hat. Besoffen nachts schnell einen abwichsen oder während des Essens gegen die Tischdecke schütteln, während das halbe Brot noch im Mund steckt, das hat nichts allzu Erotisches an sich. Ich habe es viel lieber mit schönem Vorspiel, Zärtlichkeit, Ihr wisst schon, einer sexy Stimmung, Magie in der Luft, wo man nackt zusammen in Fahrt kommt und dann sich auch gegenseitig verwöhnt. Das macht doch guten Sex erst aus."

„Ja, ich verstehe, was Du meinst", diskutierte Sissy mit und schaute ihre Busenfreundin Svenja an. Dann tuschelten die beiden. Ich verstand kein Wort, aber die Blicke der beiden waren ziemlich obszön. „Gut, dann bekommst Du, was Du willst", drehte sich Sissy zurück zu mir um. Sie drückte an ihrem Handy herum, bis Kuschelmusik erklang. Sie zog die Vorhänge zu. Sie und Svenja marschierten gemeinsam an mir vorbei und legten sich lasziv auf die große Couch.

„Na, dann komm her, Großer", forderten sie mich auf, ihnen zu gehorchen. Ich gehorchte. Ich gesellte mich zu beiden, und schon war es Svenja, die ihre Lippen zum Küssen einsetzte. Auf den Mund. Um den Mund. In den Mund. Die kannte alle Tricks und keine Hemmungen. Auch Sissy war aktiv und streichelte meinen gut trainierten Oberkörper unter dem T-Shirt, das kurz darauf zu Boden flog. Auch die beiden Tops der Damen flogen schnell und ich knetete 2 Paar schöne Brüste durch.

Auch Sissy wollte knutschen, sie schmeckte nach Aprikosen-Marmelade. Ja, ich mag Aprikosen-Marmelade! Mir wurde immer heißer, obwohl ich nun auch meine Boxershort verlor. Sissy streichelte meine Hoden, während Svenja meinen Penis sanft zu wichsen begann.

Ich musste ebenso aktiv werden und zog den beiden ihre Strings runter. Zum Vorschein kamen Blanke Pussy 1 und Blanke Pussy 2. Svenja hatte deutlich größere Schamlippen als Sissy, aber alle 4 waren schön und jung.

Ich lag auf dem Sofa wie Gott in Frankreich. Bevor ich Mösen-Billard mit meinen Händen spielen konnte, krochen die beiden zu meinen Füßen und gaben mir einen Double Blowjob des Wahnsinns. Sissy konnte irre gut blasen, ihr enger Mund und ihre kleine Hand passten perfekt um meinen Dong.

Auch Svenja konnte sehr gut blasen, ihre größere Hand fühlte sich ganz anders an meinem besten Stück an und ihre Zunge spielte Tremolo mit. „Und, gefällt Dir das so? Entspricht das Deinen Vorstellungen?", fragte Sissy lutschend. „Ja, das ist perfekt so", stöhnte ich und ließ mich weiter stimulieren.

Die beiden ließen sich bewusst Zeit und wollten mich – anders als davor bei den schnellen, rein mechanischen Handjobs – richtig verwöhnen. Das gelang ihnen zu 110 Prozent. Mein knapp 15 cm langer Penis stand wie eine Eins, die beiden wurden immer sinnlicher und gaben sich beste Mühe, mich auch optisch perfekt zu stimulieren. Auch das gelang ihnen zu 110 Prozent.

Nun wurde es langsam ernst: Ich spürte meinen Orgasmus mit 110 Sachen anrollen. Er wurde immer schneller, dass ich keine Warnung mehr ausstoßen konnte, stattdessen meinen Saft ausstieß. Ich kam, als ich gerade tief in Sissys Mund steckte. Doch das Luder zuckte keine einzige Sekunde, sie blies und streichelte engagiert und souverän weiter, bis sie ihn der Svenja übergab, die auch noch etwas Restsperma abhaben wollte.

Ich muss sagen: Dieser eine Orgasmus war um Meilen besser als die beiden davor zusammen. Grinsend kuschelten sich die beiden Girlies an mich heran und mein Leben als Gott in Frankreich bestätigte sich. „Wow, das war echt mega", lobte ich sie und küsste sie hintereinander auf den Mund. So lagen wir 5 Minuten beisammen, ehe Svenja sich meldete: „Du? Du hast vorhin am Tisch was von gegenseitig verwöhnen gesagt. Das meintest Du doch auch so, oder?" „Na klar, keine Sorge", beruhigte ich ihre offensichtlichen Zweifel, „jetzt seid Ihr dran."

Sagte ich und begann, beide Frauenkörper zu streicheln. Beide Bodies fühlten sich so schön und jung an, straff, unverbraucht. Andreas Körper ist zwar auch noch sehr schön, aber 2 Schwangerschaften sind halt der Straffheit ärgster Feind. Meine Hände wanderten über die Brüste tiefer zum Bauch und tiefer zu den Blanken Muschis.

Svenja und Sissy lagen eng zusammen und hielten sich die Hand, wie süß! Sie genossen es miteinander, wie ich ihre Clits berührte und schließlich anfing, daran zu rubbeln und zu knabbern. Sissy stöhnte laut und aggressiv, Svenja leise und depressiv. Nun war Zungenakrobatik angesagt. Mit meiner besonderen Leck-Technik leckte ich Sissy zu 3 heftigen Orgasmen, während ich Svenjas Pussy fingerfickte.

„Ich will auch, ich will auch!", wünschte sich Svenja lautstark und zog meinem Kopf nach Sissys 3 Highlights fest zu sich rüber. Ich verwöhnte Svenja genauso gut wie Sissy. Auch sie kam dreimal innerhalb von 10 Minuten. Glücklich zogen mich die beiden zu sich in die Arme und es war romantisches Sandwich-Kuscheln angesagt.

„Und, das war doch deutlich schöner als das sture und schnelle, reine Abgewichse nachts und beim Frühstück, oder?", suchte ich nach Anerkennung für das tolle Spektakel, das wir zu dritt erlebt hatten. „Ja" und „Ja" bekam ich dankbar und einsichtig zu hören. Nach einer ½ Stunde, die wir einfach da lagen und uns schöne Wärme und Nähe schenkten, war es Svenja, die etwas wollte: „Du, kannst Du mich nochmal so geil lecken wie vorhin?", fragte sie mich mit großen Augen. „Ja, mich auch!", jubelte Sissy mit.

„Nur, wenn ich Euch ficken darf", schoss es geil und männlich aus mir heraus. „Ok", nickte Sissy und holte unterm Sofa eine Packung Gummis hervor. Schnell war meine Wurst eine Wurst und bereit zum Torfstechen. Ich überlegte kurz: Ich soll ficken und lecken gleichzeitig. Wie geht das am besten? Ganz klar: Ich werde geritten und lecke die andere, die auf meinem Gesicht hockt. Svenja war die erste, die geleckt werden wollte, also nahm sie mir die Luft, während die Sissy Cowgirl spielte und meinen Penis langsam und sehr eng ritt.

Ihre Muschi war so klein wie eng, es fühlte sich echt kindlich an. Ich musste mir große Mühe geben, nicht schon jetzt zu kommen. Svenjas Pforte des Himmels befand sich direkt in meinem Gesicht und ich drückte meine Zunge genau an ihren erotischten Punkt, dann bearbeitete ich ihn mit meiner Zungenspitze bis zum Orgasmus.

Gerne hätte ich weitergemacht, aber ich merkte, mein Orgasmus war nicht allzu weit entfernt. Soll auch Svenja mal reiten dürfen. Frauentausch. Sissys Pussy nahm nun auf mir Platz, sie war saftig vom Ficken und ich genoss es, ihre dunkelroten Schamlippen zu erkunden, dann ihre kleine Klitoris, die schnell zu einer übergroßen Klitoris wurde. Währenddessen ritt mich Svenja. Ihre Höhe war deutlich weiter als die von Sissy, gut, so konnte ich noch ein wenig durchhalten. Svenja konnte gut reiten, rauf und runter sauste sie, immer schneller, bis ich ejakulierte.

Just in diesem Moment schüttelte sich auch die kleine Sissy über mir und schrie ihr Glück ins Land. „Und, zufrieden?", fragte ich beide mit meinem besten Womanizer-Grinsen trotz zerschundenem Gesicht. „Fantastisch, Du bist der beste Lecker, den ich je hatte", küsste mich Sissy auf den Mund. „Du bist auch der beste Lecker, den ich je hatte", küsste mich Svenja ebenso glücklich auf den Mund.

„Warum kannst Du das so gut? Du leckst viel intensiver als alle anderen Männer. Was ist Dein Trick?", wollte Sissy wissen. Nun ja, das werde ich häufig gefragt, woher ich diese geile Gabe habe. Warum ich so verdammt gut Frauen oral befriedigen kann. Und die Antwort lautet immer wieder: Katja. Also erzählte ich ihnen die Geschichte meiner Erfahrungen mit der Stewardess Katja, die mich in die höchste Kunst des Cunnilingus einweihte, und beide staunten.

Leider musste ich noch einiges erledigen und los. Ich verabredete mich für den Abend mit den beiden Sex Queens und war glücklich, dass alles so gekommen war. Der Reinfall mit Claudia, die Prügel durch ihren Penner, der Arztbesuch, wo ich Sissy sah und der zufällige Treff mit ihr im Supermarkt. Und dazu Andrea weit weg und die Kinder bei Oma und Opa.

Ich konnte mich austoben! Um 21:15 Uhr war ich wieder bei Sissy und Svenja, die sich supersexy für mich gemacht hatten. Halbnackt und geschminkt erwarteten sie mich und schmissen sich sofort an mich. Diesmal landeten wir in Sissys Bett. Ich denke, das war deshalb so geplant, weil Sissy gegenüber einen breiten Wandschrank mit Spiegelwand hatte. So konnte ich mir selbst dabei zusehen, wie mich diese beiden Luder von oben bis unten küssten und von mir nacheinander Doggy Style gevögelt werden wollten.

Während ich Sissy von hinten nahm, beschäftigte sich Svenja mit sich selbst und hatte Parkinson´sche Finger. Wechsel. Während ich Svenja von hinten nahm, knutsche mich Sissy mit tiefer Zunge. Ich wollte nicht so unfair sein und in einer kommen, doch Sissy meinte „Ist schon ok, danach kommst Du dann in mir", und so ließ ich meinen Trieben freien Lauf und kam in Svenjas Pussy. Während meiner Erholungsphase knutschten wir zu dritt. Ich Svenja. Ich Sissy. Svenja Sissy. Sissy Svenja. Ich Svenja und Sissy. Ich Sissy und Svenja. Svenja Sissy und mich. Sissy Svenja und mich.

So verdammt intensiv und detailverliebt hatte ich lange nicht mehr geknutscht. Es war genial. Es erinnerte mich an meine ersten sexuellen Erfahrungen und meine ersten Mädels in der Pubertät, wo erstmal außer Knutschen nichts lief. Da wurde nur geknutscht! Als mein Penis wieder vollsteif war, erfüllte ich der Sissy ihren Wunsch und fickte sie á la Hund, bis ich in ihrer pulsierenden, kleinen Möse heftig kam. Svenja hing von hinten an mir dran und küsste meinen Hals mit Mund und Zunge. So eine Dreierkonstellation hatte ich bisher noch nie erlebt. Aber muss sagen: Absolut lohnenswert und schön so etwas!

Später leckte ich beide nochmal zu ihren Höhepunkten und bekam vor dem Schlafen noch einen Double Blowjob geschenkt. Ich kam nach 15 Minuten, als mich Sissy in den Mund von Svenja masturbierte. Der Sex mit Sissy und Svenja ging noch ein paar Tage, bis Andreas Rückkehr anstand. Ich überlegte, wie ich ihnen das Ende dieser Sex-Affäre beibringen sollte. Verlieren wollte ich beide nicht, aber vorerst beenden musste ich es schon.

Von Andrea erzählen wollte ich ihnen nicht, also griff ich zu einer Notlüge. Bei unserem letzten Sex-Date stimmte ich einen nachdenklichen Ton an: „Mädels, ich muss Euch etwas sagen: Die Abende und Nächte mit Euch waren wunderschön. Der Sex und alles mit Euch war spitzenmäßig. Danke dafür. Aber ich habe gestern im Job ein neues Projekt angenommen, das sehr wichtig ist. Da hängen Millionen dran und die Zukunft meiner Firma.

Ich muss klaren Verstandes dieses Projekt angehen und bearbeiten, dafür sorgen und sicherstellen, dass alles klappt und funktioniert. Und Ihr beide verdreht mit dermaßen den Kopf, dass ich bald den Verstand verliere. Daher muss ich eine Pause einlegen. Ich muss mich voll und ganz auf die Arbeit konzentrieren und sexuell kürzer treten. Aber sobald ich das Ding erfolgreich abgeschlossen habe, komm ich megagerne wieder auf Euch zurück. Ich brauche Abstand und Konzentration, der Sex mit Euch ist genial, aber ich würde dann tagsüber nur noch an Euch und den Sex mit Euch denken, dass ich im Job garantiert versagen würde. Ich hoffe, Ihr versteht das."

Die beiden nahmen es nicht so tragisch zum Glück, waren aber trotzdem traurig und baten darum, dass ich mich unbedingt melden solle, wenn mein Kopf wieder frei wäre. Das versprach ich ihnen auch, leckte und fickte sie ein letztes Mal und verabschiedete mich vorerst von ihnen zurück nach Hause, wo ich alles für Andreas Rückkehr vorbereitete.

Cathy

Ich bin ein offener Mensch. Sexuell sowieso. Immer auf der Suche nach dem ultimativen Kick & Fick. Für meine Frau Andrea hatte ich längst den Womanizer Pro entdeckt, und sie liebt diesen Super-Vibrator fast genau so sehr wie mich. Wir bauen das Teil oft in unser Liebesspiel mit ein, Andrea kommt dabei immer zu mehreren Orgasmen. Ich weiß, dass sie auch alleine gerne sich mit dem Womanizer vergnügt, aber der Spaß sei ihr gegönnt.

Rückblende: Andrea hatte bald Geburtstag, was sollte ich ihr diesmal schenken? Mein Kollege Anton, gleichzeitig ein guter Freund, empfahl mir den „Womanizer Pro".

„Was ist das?", fragte ich ihn. „Das genialste Sex Toy, das es gibt", erklärte er fachmännisch mit einem breiten Grinsen. Stimmt, irgendwas hatte ich davon gehört. „Pass auf, meine Frau und ich benutzen regelmäßig den Womanizer, das ist ein Sauggerät, das über Schwingungen funktioniert.

Der arbeitet nicht wie die typischen Vibratoren mit Vibrationen, sondern mit Druckwellen. Der Womanizer wird einfach auf die Klitoris gesetzt, der Aufsatz saugt diese leicht ein und stimuliert den Kitzler sanft aber intensiv. So wird die Klitoris nicht überreizt, ein heftiges Lustgefühl entsteht. Multiple Orgasmen sind problemlos möglich."

Wow, dachte ich, das klingt fantastisch! „Aber stell Dir vor: Der neue Womanizer Pro ist noch besser. Meine Frau erlebt so krasse Orgasmen wie nie zuvor. Und das beflügelt nicht nur ihre, sondern auch meine und unsere gemeinsame Sexualität."

Das musste ich auch haben! Am nächsten Tag brachte mir Anton das Teil mal zur genaueren Begutachtung mit. „Das sieht so harmlos aus, und wenn Du Deinen Finger drunter legst, spürst Du kaum etwas, aber bei Frauen wirkt das Teil Hammer", protzte er und ließ tief in sein Bettleben blicken: „Meine Frau und ich haben alles ausprobiert, von den klassischen Vibratoren über Massagegeräte, Rabbits, Liebeskugeln und das alles. Aber der Womanizer Pro stellt das alles in den Schatten.

Meine Frau hat sich immer schwer getan mit Orgasmen, aber der Womanizer schenkt ihr einen nach dem anderen, sie will dann gar nicht mehr aufhören, sondern macht sich einen Höhepunkt nach dem anderen. Das ist das Beste, was ich je erlebt habe." Diese Worte überzeugten mich. Ich vertraute Anton und bestellte mir sofort einen Womanizer Pro in Magenta.

Wenige Tage später kam er an, ich verpackte ihn lieb und wartete ab. Nun kam er, Andreas Geburtstag. Wir gönnten uns einen freien gemeinsamen Tag. Eine gute Freundin von uns, gleichzeitig unsere Nachbarin, selbst 2 kleine Kinder, nahm uns unsere ab und ermöglichte uns eine wundervolle Relax-Auszeit in der Therme Erding.

Ich liebe die Therme Erding. Schon seit vielen Jahren gehen wir dorthin, wenn uns nach Kurzurlaub ist. Wir lieben die gigantische Saunawelt mit den spektakulären Themensaunen, das heilende Thermalwasser, die vielen, niedlichen Beckengrotten und einfach das Flair, das diese Therme einzigartig macht.

Eng umschlungen kuschelten wir auf bequemen Liegen und genossen stundenlang die Nähe und Zweisamkeit, die wir so sonst nur noch selten haben. Während Andrea in meinem Arm einschlief, ließ ich es mir natürlich nicht nehmen, ein wenig in die Runde zu blicken und viele nackte Frauenkörper unter die Lupe zu nehmen. Schöne, hässliche, junge, alte, große, kleine, knackige, faltige – für jeden war etwas dabei.

Nach ein bisschen heißem Saunamarathon genossen wir noch eine schöne Zeit im Wasser, bis es Zeit für unser Abendessen war. Ich führte sie in ihren Lieblingsitaliener „Il Rialto" aus, wo wir lecker dinierten. Wir strahlten und ich wünschte Andrea von ganzem Herzen alles Gute zu ihrem 31. Geburtstag. Aus dem unschuldigen 21-jährigen Mädel war über die Jahre eine wundervolle Frau gereift. Sie sah aus wie 25, trotz 2 Kinder, ihr Körper war immer noch knackig und sexy. Ich Glückshase!

„Und nun mein Geschenk für Dich", überreichte ich ihr den verpackten Womanizer. „Danke, mein Schatz, das ist so lieb von Dir", küsste sie mich zärtlich und begab sich daran, die Geschenkverpackung zu öffnen. „Nein", kreischte ich, „nicht jetzt, öffne es bitte Zuhause." „Warum nicht jetzt?"

„Wenn Du es geöffnet hast, wirst Du wissen, warum", antwortete ich ihr mit einem süßen Lächeln. Das überzeugte sie und sie legte das Geschenk beiseite.

1 Stunde später kamen wir nach Hause und Andrea war in Sex-Stimmung. Lasziv entkleidete sie sich vor mir und legte sich nackt aufs Bett. „Komm zu mir", hauchte sie mir zu und drehte das Licht ab. Ich drehte es wieder an: „Hey, das wirst Du brauchen, wenn Du sehen willst, was Dein Geschenk ist." „Juhuu!", rief sie stürmisch und schnappte nach der Box.

Das obligatorische Geschenkpapier war schnell entsorgt und voller Staunen schaute sie auf die Womanizer-Verpackung. „Was ist denn das, Schatz?", fragte sie mich erstaunt. Dann verstand sie. „100 Prozent Orgasmus-Garantie", las sie vor und kugelte mit ihren Augen. „Glaube ich nicht", sagte sie trocken, das kann kein Gerät der Welt. „Andererseits, die Miri hat mir letztens schon darüber berichtet, wie geil das Teil sei. Vielleicht stimmt es ja doch."

„Es gibt nur einen Weg, das herauszufinden", behauptete ich und gesellte mich mit meiner Latte zu ihr ins Bett. Doch während sie den Womanizer Pro entpackte und freudig bestaunte, las ich in der Anleitung sofort, dass der Akku natürlich leer ist und erst aufgeladen werden muss. Schnell an den Strom damit! Die Lust auf Sex war aber immer noch da, also fing Andrea an, meinen Dude sanft zu streicheln und mich dabei zu küssen. Schnell waren wir mittendrin und es entwickelte sich ein wunderschöner, leidenschaftlicher Sex, den wir mit Orgasmen im Beischlaf beendeten.

Unsere beiden Kinder blieben nebenan über Nacht, sodass wir ungestört den weiteren Abend planen konnten, doch die liebe Andrea hatte wohl andere Pläne: Wohlig müde von der Therme schlief die Maus in meinem Arm ein.

Ich schaltete den Fernseher an und schaute leise einen Spielfilm, bis ich sah, wie der Akkuknopf am Womanizer auf einmal Grün leuchtete. Jetzt ist er ready! Vorsichtig entknotete ich mich von Andrea, die selig weiterschlief, und holte das Teil vom Strom. Ein kurzer Druck auf den Startknopf, und ein leises Summen ertönte. So, jetzt mal ran an die Bouletten!

Andrea lag auf ihrem Rücken, ich spreizte langsam und behutsam ihre Beine, las mir die Gebrauchsanweisung durch und legte den Saugknopf des Womanizer Pro sanft auf ihre Klitoris.

Dann schaltete ich das Gerät an. Auf die niedrigste Stufe. Es begann zu arbeiten. Andrea schlief noch tief und fest, aber das änderte sich ganz schnell. Plötzlich zuckte sie auf und orientierte sich. „Was ist los?", lallte sie mir entgegen, dann sah sie den Womanizer an ihrer geilen Möse und spürte wohl auch die wunderschönen Gefühle, die dieses Teil erzeugte. „Ah", genoss sie und starrte gebannt auf ihre Muschi. Auch ich starrte gebannt hin.

Auf niedrigster Stufe leistete der Womanizer schon gute Arbeit. Mal eine Stufe hochschalten. Das hielt Andrea keine 10 Sekunden mehr durch und kam zu einem echt krassen Orgasmus. Ich hatte Mühe, den Womanizer in Stellung zu halten, da ihr Becken wie verrückt zuckte. Als sie fertig war, drückte sie den Womanizer weg und atmete tief durch. „Das war der Wahnsinn!", frohlockte sie, „ein wirklich mega Orgasmus!"

Ich freute mich mit und nahm sie fest in meinen Arm. „Gib mal her das Ding", orderte sie an und nahm den magentafarbenen Apparat in die Hände. Sie betrachtete ihn ganz genau und drückte dann aufs Start-Knöpfchen. Wieder begann er leise zu surren. Voller Neugierde hielt sich Andrea nun selbst den Pro an ihre Klitoris und fand schnell die richtige Stelle.

„Oh, Ah", stöhnte sie mit geschlossenen Augen, während ich zusah, wie sie den Womanizer fest im Griff hatte. Ihr kleines Büschel Schamhaare über dem Hot Spot sah so niedlich aus, während sie immer lauter wurde und innerhalb von 4 Minuten erneut zu einem mächtigen Orgasmus kam. Und das auf der niedrigsten Stufe. Das Teil ist echt der Wahnsinn, dachte ich mir, und jubelte innerlich.

Nach dem Dropdown küsste sie mich fest und sagte: „Schatz, danke für dieses geile Geschenk. Danke! Es ist echt der Wahnsinn. Danke!" Doch vorbei war der Abend noch lange nicht. Nach nur 5 Minuten Pause drückte sie mir das Teil in die Hand: „Nochmal!" Neben ihr liegend küsste ich ihre Brüste und hielt den Womanizer dorthin, wo er hin muss.

Andrea wurde so erregt, dass sie nach meinem Dong griff und ihn masturbierte. Je erregter sie wurde, desto schneller wichste sie. Ich nutzte die Gelegenheit und erhöhte auf Stufe 2. Und schon kündigte sich ihr nächster Orgasmus an. Bebend kam sie erneut und kurz darauf auch ich.

Mein Sperma spritzte hoch und bekleckerte ihre Hand. Etwas unangenehm wurde es, weil sie echt ohne Rücksicht auf Verluste wichste. Hoch, runter, bis an die Grenze der Belastung des dünnen Bändchens. Das war wohl ihrer eigenen Erregung geschuldet. Egal, nichts passiert. Erschöpft schliefen wir dann eine ½ Stunde später ein.

Sonntag, 8:15 Uhr. Ich wachte auf. Weil neben mir eine schrie. Es war Andrea, die gerade kam. Den Womanizer in ihrer rechten Hand, haltend an ihre Pussy, stieß sie spitze Schreie aus und schüttelte das Bett kräftig durch. Ich wurde wach und verstand: Das geile Luder hatte es sich soeben selbst besorgt. Und das schon zum zweiten Mal, gestand sie mir. „Ich war so geil und neugierig, und weil Du fest schliefst, habe ich halt selbst Hand angelegt", meinte sie schamhaft.

„Stell Dir vor, diesmal habe ich mich bis Stufe 3 vorgetraut, der Orgasmus war der Irrsinn!" Hatte ich in der Beschreibung nicht gelesen, dass das Ding 7 oder sogar 8 Intensitätsstufen hat? Was würde dann wohl passieren bei Stufe 6 oder 7? Wenn die Stufen 1 bis 3 schon so heftig sind. Genau das wollte ich ausprobieren. „Komm Schatz, jetzt entspanne und lass mich machen", befahl ich und begab mich kniend zwischen ihre Beine in Position.

Sie öffnete bereitwillig ihr Paradies und ich startete mit Stufe 1, schaltete aber schon kurz darauf hoch auf 2. Andrea lechzte und gierte. Schnell drückte ich weiter auf Stufe 3 und merkte, dass diese bereits das Ende vom Lied einläutete. Also schnell auf Stufe 5 hoch, da kam sie auch schon.

„Ah, Ah, Ah!", schrie sie mir entgegen und krampfte ihre Hände zu kleinen Fäusten. Das war der brutalste Orgasmus, den ich bis dato je von ihr gesehen hatte. Über 30 Sekunden dauerte er an, bis sie sich langsam fallen ließ und ihr Becken sich beruhigte. Ich war stolz und geil wie Oskar.

„Oh Mann, Schatz, das Teil ist echt genial! Die Orgasmen sind so krass wunderschön. Ich könnte ewig weitermachen, nichts ist überreizt. Ich möchte gleich nochmal!" Den Wunsch erfüllte ich ihr gerne. Gebannt beobachtete ich sie, wie sie auf die Stufen 1 bis 3 reagierte. Ihre Erregtheit steigerte sich schnell wieder in Richtung Orgasmus. Schnell hoch auf 4, dann auf 5. Andreas Körper wurde unruhig und nervös, ich wusste, jetzt kommt sie. Also drückte ich weiter auf Stufe 6, dann 7. Dann kam sie.

Gnadenlos drückte ich weiter hoch auf die Finalstufe 8. Ihre Zuckungen waren ebenso gnadenlos und final. Ich dachte, sie elektrisiert sich gerade selbst. Nach ihrem Orgasmus-Getöse richtete sie sich auf, nahm mir den Womanizer aus der Hand, umarmte ihn frech und lächelte: „Meiner! Mein Schatz!"

Ich verstand. Sie meinte es nicht böse. Ich verstehe ja ihren Humor, und sie war einfach nur überglücklich über diese geniale Orgasmus-Maschine. Küssend kuschelten wir noch ein wenig, bis wir unsere Kinder abholten und den Restsonntag als glückliche Familie genossen.

Absolut überzeugt von den Leistungen des Womanizers, bestellte ich mir dasselbe Teil nochmal und schloss es bei mir im Büro in meiner Schublade ein. Für künftige Abenteuer würde es ganz sicher einen neuen, geilen Kick bedeuten!

Zurück: Eines Abends fragte mich Andrea nach schönem Ehe-Sex, ob ich nicht auch mal ein Sex Toy möchte. „Du, Schatz, für Männer gibt es doch auch ganz viel Spielzeug für den Penis. Pumpen, Vibratoren und so. Magst Du Dir nicht auch irgendetwas anschaffen, was so gut ist wie mein Womanizer?" Hm, ein interessanter Ansatz, den meine Frau mir da anbot.

„Schon", summte ich zurück, „aber ich habe so etwas noch nie ausprobiert." „Na, dann wird es höchste Zeit", grinste sie und holte ihren Laptop hervor. „Hier, schau mal", zeigte sie mir die Webseite eines Erotik-Online-Handels. Wir blätterten durch die Angebote, doch entscheiden konnte ich mich nicht.

„Weißt Du was: Ich gehe in einen Sex-Shop und lasse mich beraten. Dort kann ich die Dinger in die Hand nehmen, anschalten und der Verkäuferin alle Fragen stellen. Dann werde ich mich für das Toy entscheiden, das mir am besten gefällt."

„Gute Idee, mein Schatz", lobte mich meine Frau und küsste mich Gute Nacht. Ein paar Tage später fuhr ich nach der Arbeit in den nächstgelegenen Münchner Sex-Shop und schaute mich erstmal vorsichtig um. „Hallo, kann ich Ihnen helfen?", flötete mich eine sehr erotische Stimme von hinten an. Ich drehte mich um und blickte eine wunderschöne, junge Frau an. „Ich bin Cathy, ich arbeite hier", stellte sie sich mir vor und wartete meine Reaktion ab.

„Hallo", grüßte ich freundlich zurück und erklärte Cathy mein Bedürfnis: „Ich suche nach einem echt guten Sex Toy für mich. Ich habe meiner Frau vor einiger Zeit den Womanizer Pro besorgt – er ist fantastisch! Meine Frau liebt ihn. Jetzt meinte sie, ich soll doch auch ein gutes Teil für mich kaufen, das wir dann ins Liebesspiel einbeziehen können."

„Ja, der Womanizer ist echt der Hammer", grinste mich Cathy verdorben an, „etwas Besseres gibt es nicht für die Frau. Orgasmus-Garantie." „Gibt es so etwas auch für mich?", fragte ich neugierig. „Klar, es gibt viele verschiedene Love Toys für Dich und Deinen Penis", grinste sie mich verwegen an und präsentierte mir sofort die absolute Weltneuheit: den Satisfyer für den Mann. Ich staunte.

„Der wird von der männlichen Porno-Legende Rocco Siffredi empfohlen", hielt sie mir die schwarz-blaue Röhre vor die Nase. „Ist neu auf dem Markt, aber der absolute Wahnsinn, was die Männer darüber berichten. Ist eine Mischung aus einem perfekten Blowjob und Geschlechtsverkehr."

Sie öffnete das Teil und ich durfte in den glitschigen Silikon-Inhalt hineinschauen. „Hm, dieser Teil soll den perfekten Blowjob schaffen?", runzelte ich die Stirn. „Ich dachte eher an ein Teil, das mit Vibration arbeitet oder das pulsiert. Blowjobs sollen Frauen geben, das können die sicher besser als so ein Gerät." Cathy grinste. Ihre langen, schwarzen Haare waren frisch gewaschen und dufteten nach Rose. Ihre Augen strahlten, ihre Lippen versprachen viel. Und diese Figur! Während ich mir ihren Mund an meinem Penis vorstellte, holte sie das nächste Gerät, eine vibrierende Röhre. „Das ist der Lusttunnel Alpha, da steckst Du ihn rein und dann beginnt das Gerät zu vibrieren.

10 Stufen, unterschiedliche Modi, top Qualität und soll megaheftige Orgasmen bringen." Ich nahm das Teil in die Hände und durfte sogar die Vibrationen starten, die schon von außen fühlend sehr stark waren. So ging es weiter.

Cathy stellte mir weitere 4 Geräte vor, währenddessen netter und offener Smalltalk. Da ich der einzige Gast war, hatte sie Zeit und widmete sich ganz meinen Bedürfnissen. Nach 20 Minuten wusste sie alles über mich: meine Penisgröße, Umfang und Länge, meine Lieblings-Sex-Praktiken & -Stellungen, meine Leidenschaft für Frauen und meine offene Einstellung für Spaß im Bett, auch außerehelich.

Cathy und ich verstanden uns sehr gut, die Berührungen häuften sich und der Blickkontakt wurde schärfer. Ja, wir flirteten. Ich wusste, hier ist mehr möglich. Also ging ich in die Offensive: „Du, das sind alles superspannende Teile, aber wie soll ich wissen, wie gut die Dinger wirklich sind? Die sollte man irgendwie ausprobieren können, bevor man sie kauft. Kosten ja nicht wenig."

Cathy lachte mich an, schaute mir tief in die Augen und meinte dann: „Du weißt, das das hier nicht geht. Aber wenn Du Lust und gleich noch Zeit hast, können wir gerne zu mir und dort kannst Du ein bisschen ausprobieren, im privaten Rahmen, wenn Du verstehst. Ich habe in 20 Minuten Feierabend. Und zu Hause habe ich ein paar von denen als Testmodelle oder manche, die kleine Mängel an der Verpackung aufweisen, die wir nicht verkaufen können, nagelneu, die einwandfrei funktionieren. Was meinst Du?"

Meine Antwort: „Gerne, geile Sache!" Ich schickte der Andrea eine WhatsApp, dass es später werden würde und ein Geschäftsessen dazwischen gekommen sei, und machte mich mit der süßen 24-Jährigen auf den Weg in ihre 3-Zimmer-Wohnung, nur 5 Minuten vom Shop entfernt.

Cathy wohnte schön und modern. Ich durfte es mir gemütlich machen und zischte Bier, während sie kurz duschte und dann in einem hautengen T-Shirt und einer Hot Pants auf mich zu stolzierte. „Ich gehe auch noch schnell duschen", stöhnte ich und verschwand.

Mit einem Handtuch bekleidet kam ich zurück. „So, dann wollen wir mal starten", lächelte die ca. 1,70-m-Große und schickte mich aufs Bett, während sie das Licht ein wenig abdunkelte.

„Mach Dich frei." Ich löste das Handtuch und offenbarte ihr meine ganze Schönheit. „Ein schöner Schwanz", kam zurück. Sanft streichelte sie mit ihrer Hand meine Brust hinunter, bis sie ihn kurz in der Hand hatte. Blitzschnell wurde er steif.

Cathy holte aus dem Schrank tatsächlich besagten Satisfyer. „So, den testen wir jetzt." Mit Gleitgel schmierte sie meinen Dick und die Öffnung des Gerätes ein und zog mir dieses sanft über mein vollsteifes Glied. Es fühlte sich echt seltsam an. Glitschig und etwas kühl. Der Satisfyer ist ohne Vibration, man muss ihn auf und ab bewegen. Das tat Cathy für mich.

Ich lag da und genoss. Cathy hatte großen Spaß in dem, was sie tat. Sie blickvögelte mich und beobachtete meine Erregung. Hey, das Teil ist der Burner! „Wahnsinn, jetzt fühlt es sich richtig gut an", lächelte ich, „tatsächlich wie ein Blowjob." Cathy freute dies und sie schob den Satisfyer immer wieder hoch und runter. „Stopp, sonst komme ich", rief ich nach 4 Minuten, aber Cathy meinte nur „Das sollst Du ja auch" und machte weiter. Ich kam. Ich kam heftig. Ladung für Ladung schoss ich ins Silikon und genoss dabei Cathys bildhübschen Anblick: ihre harten Brustwarzen und den dunklen Schamhaarstrich, den ich durch den hellweißen Slip hindurch klar erkennen konnte.

„Und, wie war´s?", wollte die Neugierige wissen. „Echt super, muss ich zugeben." „So, das Teil muss natürlich jetzt gut gereinigt werden", flötete sie und verschwand kurz im Badezimmer damit. Dann kam sie wieder und legte sich neben mich, ihr Kopf auf meine Schulter, eingedreht in meine Brust.

Ich ließ es mir gefallen und streichelte ihre Haare und ihren Oberarm. So lagen wir 5 Minuten da, wie ein Paar, bis ich mutiger wurde und ihr unter ihr T-Shirt fahren wollte. „Na, na", warnte sie mich, „davon war keine Rede." Ich zog zurück und entschuldigte mich. Alles wieder gut. Cathy mochte mich, das spürte ich, sie ließ mich aber nicht weiter ran. Egal. Einen Orgasmus hatte ich ja bekommen von ihr, zwar nicht direkt von ihr, aber von einer von ihren Händen geführten Maschine.

Wir plauderten über Sex und sie erzählte mir, dass sie aktuell Single sei und aus einer 3-jährigen Beziehung komme, die ein böses Ende fand. Seitdem habe sie schon einiges am Laufen, aber nichts Festes.

„Hast Du jetzt Lust, noch ein anderes Gerät zu testen?", fragte sie mich nach einer ½ Stunde. „Ich habe auch den vibrierenden Lusttunnel Alpha da." „Ja, klar, immer", antwortete ich und freute mich auf Runde 2. Wieder Gleitgel. Diesmal spielte Cathy meinen Schwanz etwas länger steif, sie streichelte ihn etwa 2 Minuten ganz langsam und zart, bis er vollsteif war.

Cathys Hände fühlten sich mega an an meiner Banane, doch wieder sollte die Technik siegen. Schwupps, war er drinnen. Dieses Gerät fühlte sich enger an, geil. Stufe 1 der Vibration konnte ich nicht so doll spüren, aber Stufe 2 ging schon ab. Dieses Ding vibrierte und pulsierte meinen Dick echt gut, so kann es keine Frau. Nicht mit Hand, nicht mit Mund, nicht mit Scheide, nicht mit Anus.

Stufe 3 und 4 waren noch geiler. Dieses Gerät musste nicht hin und her bewegt werden. Cathy konzentrierte sich sehr auf mich und fixierte mich erneut mit ihrem Blick. Als nach wenigen Minuten Stufe 5 aktiviert wurde, aktivierte dies meinen Höhepunkt. Heftig zuckend schoss ich zum zweiten Mal an diesem Abend meinen Erstsamen heraus und vibrierte noch 1 Minute nach, mein ganzer Körper zitterte.

„Das war geil, besser als der Satisfyer. Genau so ein Teil hatte ich mir vorgestellt", grinste ich. Cathy war glücklich und säuberte den Lusttunnel professionell im Bad. Danach legte sie sich zu mir und kuschelte sich in mich hinein. Ich versuche mein Glück erneut, und diesmal durfte ich ihre Titten streicheln. Die fühlten sich geil an. Cathy schnurrte wie eine Katze und streichelte ihrerseits meine Brust, meinen Bauch und immer wieder über meinen schlaffen aber glücklichen Penis und meine wohlgeformten Hoden.

Wie gerne hätte ich noch einen dritten Orgasmus mit ihr erlebt, aber es wurde Zeit, mich auf den Heimweg zu machen. Man soll sein Glück ja nicht überstrapazieren. Cathy verstand und ließ mich ziehen.

Andrea erzählte ich, dass ich kurz im Sex-Shop war und dass mir der Lusttunnel Alpha gut gefiel, ich mich aber noch nicht zum Kauf entschieden habe. 159 Euro sind ja keine Kleinigkeit.

2 Tage später schickte mir Cathy eine WhatsApp, wir hatten unsere Nummern getauscht, und schrieb mir, dass sie einen neuen Penis-Vibrator erhalten habe. Diesen könnte ich gerne wieder bei ihr in einer Privatvorstellung testen. Ich richtete mir den Zeitraum ein und freute mich, Cathy wiederzusehen.

Cathy öffnete mir in einem Hauch von nichts und hieß mich herzlich willkommen in der „Lustspielhölle". Oh Mann, was hatte sie mit mir vor? Nach kurzem Smalltalk und meiner Dusche erwartete sie mich auf dem Bett. Ich legte mich hin und genoss, wie die Sex-Shop-Schlampe meinen Penis sanft streichelte, bis er hart wie ein Rohr war. Dann streifte sie sich ihre Restklamotten ab und präsentierte mir ihren göttlichen Körper.

Ein Traum! Ihre Pussy war so süß, ihr Arsch genauso. „Das ist der Twister, ein Vorhaut-Vibrator", erklärte sie mir und stöpselte dieses rote, runde Ding halb über meinen Penis. Dann ging es auch schon los mit den Vibrationen. Es fühlte sich gut an. Cathy hatte sichtlich Spaß dabei, mich zu befriedigen. Ihre Augen funkelten.

Ich durfte wieder ihre Brüste streicheln, aber ihre Pussy war nach wie vor tabu für mich, ihre Hand war immer schnelle als meine. Der Twister twisterte gut, doch nur die Vorhaut ist irgendwie nicht mein Ding. Ich will den ganzen Schwanz bearbeitet haben. „Hast Du noch etwas anderes da?", fragte ich sie daher ungeduldig.

„Ja, aber das Teil ist echt brutal", grinste sie und holte einen schwarzen, großen Pulsator hervor. „Der Twin Charger", hielt sie ihn mir hin. „Ziemlich massiv und schwer", antwortete ich. „Warte ab, der wird es Dir so richtig besorgen", schnalzte sie und ummantelte meinen Penis mit diesem Ding. Ein Gummiring drum herum sicherte meinen engen Peniskontakt mit der Masse.

Langsam startete das Gerät und es fühlte sich einfach geil an. Cathy stellte den Regler alle 20 Sekunden ein Stück höher, bis mein Penis ziemlich stark pulsiert wurde.

Ich hielt es nicht mehr länger aus und kam: Mein Sperma floss aus meinem ejakulierenden Glied nur so heraus, so etwas hatte ich noch nie gesehen. Ich wurde richtig gemelkt. Normalerweise spritzt es bei mir in 8 bis 12 Zügen heraus, aber dass es herausläuft, das war neu für mich.

Cathy drehte langsam die Pulsationen herab und legte sich wie immer in meine Brust. „Puh", stöhnte ich aus, „das war genial, besser als der Lusttunnel Alpha und der Satisfyer zusammen." „Ja, das Teil ist echt brutal", lächelte die Schwarzhaarige und küsste meine linke Brust. Nach 5 Minuten Ruhe fragte ich sie: „Warum eigentlich darf ich Dich nicht richtig berühren?"

Cathy drehte sich zu mir um und erwiderte: „Weil ich lesbisch bin. Ich stehe auf Frauen, nicht auf Männer." Das war ein Schock. „Und warum machst Du das hier mit mir?" „Weil ich Dich supersympathisch finde und mich zu Dir hingezogen fühle, aber mehr als enge Freundin, nicht als Sex-Partnerin." Ich schluckte tief.

So etwas war mir ja noch nie passiert. Eine bildhübsche Frau in meinem Arm, die überzeugte Pussy-Leckerin ist und Schwänze überhaupt nicht mag. Die ich nicht mal küssen oder ficken darf. Ich überlegte. „Macht das dann eigentlich Sinn, hier noch weiter zu machen?", fragte ich ernst in die Runde. „Warum denn nicht?", fragte sie ernst zurück. „Weil ich so ein Verhältnis nicht gewohnt bin." „Also ich finde es schön mit Dir. Lass uns das doch so genießen. Was spricht denn dagegen?" Sie hatte Recht, dagegen sprach eigentlich nichts.

„Na gut", antwortete ich friedlich, „aber ich würde mich schon gerne revanchieren und Dich mal lecken zumindest oder fingern. Ficken muss ja nicht sein, wenn Du das nicht magst, aber Dir einen Orgasmus schenken, das wäre schon fair, denke ich." Sie überlegte. „Na gut, Du darfst mich fingern", willigte sie ein.

Ich fingerte los. Sehr maschinell, ohne Mundküsse. So bearbeitete ich ihre Pussy, bis sie nach etwa 5 Minuten zu ihrem Orgasmus kam. Dann sollte ich nochmal ein Gerät testen, aber ich entschied mich erneut für den Twin Charger, der verdammt gut war.

Diesmal drehte Cathy die Maschine höher, mein Penis zitterte wie unter Strom und kam erneut auslaufend. „Kannst Du mich nochmal fingern?", fragte sie mich danach.

„Lieber würde ich Dich lecken, ich kann das echt sehr gut", schlug ich ihr vor, doch sie wollte nur gefingert werden. Alright. Dann halt so. Diesmal fingerte ich 2 Orgasmen aus ihr heraus, sie stöhnte dabei echt laut und sah so süß dabei aus. Den Twin Charger musste ich einfach haben! „Wie teuer ist der?" „259 Euro", antwortete Cathy. Abzüglich Freundschaftsrabatt nur noch 199 Euro." Immer noch Schweinegeld, aber das war er mir wert.

Tags darauf schaute ich im Sex-Shop bei Cathy vorbei und kaufte mir offiziell den Twin Charger. Gleichzeitig war die Luft raus zwischen mir und Cathy. Sie hätte sich gerne weiter getroffen mit mir, aber ich wollte nicht mehr. Zurück zu Andrea. Stolz präsentierte ich ihr die Penis-Maschine. Am späten Abend, als die Kids im Bett waren, setzten wir sie beim Liebesspiel ein. Unsere Wände sind echt dick, so mussten wir keine Sorge haben, dass irgendwer irgendwas hörte.

Andrea bediente gut die Regler und staunte, als mein Sperma herausfloss statt herausspritzte. Seitdem benutzen wir den Twin Charger genauso wie ihren Womanizer Pro regelmäßig – ein Hoch auf die revolutionäre Technik!

Magdalena

Sex mit dem Kindermädchen ist immer problematisch, aber ich konnte der hübschen Magdalena nicht wiederstehen. Was war geschehen? Andrea begann nach einer heftigen Depression wieder 50 Prozent zu arbeiten, also brauchten wir ein Kindermädchen.

Unsere Wahl fiel auf Magdalena. Genauer gesagt war es meine Wahl gewesen. Ich entschied nicht nach Qualifikation, sondern nach Aussehen. Magdalena war eine von 3 Mädels, die wir zum Casting eingeladen hatten, und nachdem alle 3 Andrea gleich gut gefielen, überließ sie mir die Wahl. Yves war mir zu hässlich und Antoinette zu alt. Magdalena entsprach genau meinen Vorstellungen.

18 Jahre jung, wollte sie sich neben der höheren Gymnasialzeit ein paar Euronen extra dazu verdienen, fürs Studium, wie sie sagte. Braves Ding. Sie war knapp 1,75 m groß und sehr schlank. Optisch eine Kopie von Lena Meyer-Landrut. Und die finde ich sehr sexy! Magdalena kam 4 Nachmittage die Woche zu uns, um sich um John Paul und Anna Lisa zu kümmern. Hin und wieder durfte sie zum gemeinsamen Abendessen bleiben. Einen festen Freud hatte sie nicht, das wusste ich, halt einen hier und da, wie das 18-jährige Mädels heute so machen.

„Magda" verstand sich super mit unseren beiden Schätzen. Eines Tages kam ich früher als geplant nach Hause, ich war durchgeschwitzt von einem anstrengenden Meeting und wollte duschen. Magdalena war mit den Kiddies irgendwo am Spielen, ich hörte sie nicht, zog mich im Badezimmer aus und sprang unter das kühle, erfrischende Nass.

Als ich meine Augen wieder öffnete, stand Magdalena in der Tür und starrte mich an. 20 Sekunden Stille. „Hallo Magdalena", eröffnete ich lässig die Konversation, „wie geht´s Dir? Wo sind die Kinder?" „Die spielen in John Pauls Zimmer. Äh. Tut mir leid, dass ich einfach so hereingeplatzt bin, ich wusste nicht, dass Sie gerade duschen", druckste sie verlegen herum.

„Schon gut, ist doch nichts passiert", lächelte ich Magda an und trocknete mich so ab, dass sie mich weiterhin splitterfasernackt sah. Sie schaute nicht weg, ging auch nicht weg, sondern starrte mich weiter an. „Hast Du noch nie einen nackten Mann gesehen?", scherzte ich sie an. „Doch, doch", stammelte sie, „tut mir leid, aber ich stehe gerade irgendwie unter Schockstarre."

„Ach, Magdalena", beruhigte ich sie, „reiß Dich zusammen: Die Welt ist nicht untergegangen, es steht kein Monster vor Dir, nur ein nackter Mann, mehr nicht." Magdalena starrte immer noch und konnte sich nicht bewegen. „Was ist denn los, Kleine? Hat Dich die Tarantel gestochen? Nun sag schon was", forderte ich sie auf, nicht weiter die Geschockte zu sein. Doch immer noch keine Reaktion.

Langsam wurde ich ungeduldig und ich marschierte auf sie zu. „Magdalena, das wird mir jetzt langsam unheimlich, wie Du mich so komisch anschaust. Mache ich Dir Angst? Oder bist Du in eine Hypnose verfallen? Oder gefalle ich Dir? Irgendeinen Grund muss es doch geben, dass Du mich nun schon seit 5 Minuten so anstarrst, ohne richtig etwas zu sagen."

In diesem Moment ging die Magdalena 2 entscheidende Schritte auf mich zu, schloss dabei hastig die Badezimmertür und drückte mir einen Kuss auf den Mund. Ich war sprachlos. Noch einer. Ich war baff. Noch einer. 3 Küsse hatte ich bekommen von der hübschen Magda, unserem Kindermädchen. Darf ich Sie fragen: Wie hätten Sie darauf reagiert? Ihr sofort gekündigt? Sie geschlagen?

Ich konnte keines von beidem. Ich musste sie auch küssen. Mein Penis richtete sich auf und drückte beim Knutschen an Magdalenas Bauch. Schnell kniete sie sich hin und nahm ihn in den Mund. Ich hörte die Harfen klimpern. Magdalena konnte blasen, wie Kindermädchen es in jeder Fantasie können. Einfach perfekt!

Mir war klar, dass wir hier ein sehr gefährliches Spiel trieben. Jede Sekunde könnten unsere Kinder ins Bad stürmen, Andrea könnte früher nach Hause kommen, doch der Moment war zu geil, um gestoppt zu werden. Magdalena gab sich Mühe, mir einen schnellen Orgasmus zu bereiten, was ihr auch gelang.

Nach etwa 3 Minuten Mundsaugakrobatik mit Zunge spritze ich leise stöhnend meinen Lebenssaft in ihr kariesfreies Mündchen hinein. Magdalena schluckte alles, sie wollte wohl keine Spuren im Badezimmer hinterlassen. Superbrav.

Als wir fertig waren, öffnete Magda vorsichtig die Tür, küsste mich nochmal schnell auf den Mund und verschwand in Richtung Kinderzimmer. Wow, was war das denn? Ein völlig unerwarteter Blowjob meines hübschen Kindermädchens. Geil!

Ich zog mich in mein Arbeitszimmer zurück und arbeitete Mails ab, bis Andrea nach Hause kam und Magda die Kinder an uns übergab. Mit einem vielsagenden Blick, den nur ich deuten konnte, verabschiedete sie sich von uns, und ich war gespannt, ob es bei diesem einmaligen Blowjob bleiben oder ob weitere folgen würde.

In den nächsten Tagen legte ich meine Termine so, dass ich früher zu Hause war, als mit Andrea abgesprochen. Und tatsächlich: Magdalena verfolgte denselben Plan wie ich. Als ich an Tag 2 zur Tür hineinkam, spielte sie im Wohnzimmer mit Bub und Mädel. Sie schaute mich geil an, während ich Bub und Mädel küsste und in ihr Ohr flüsterte: „In 5 Minuten im Bad."

Sie nickte und ging mit Bub und Mädel ins Buben-Kinderzimmer, wo sie den beiden eine Beschäftigung andrehte. Ich stieg in die Dusche und hatte längst eine 15-cm-Latte, da ich wusste, dass diese gleich gebraucht wird. Schnell sauber waschen, dann klopfte es auch schon an der Tür und Magdalena huschte herein. Sie war sexy gekleidet, kurzer Rock und T-Shirt, das ihre jugendlichen Brüste top in Szene setzte.

Ohne Worte knutschte sie mich und ging wieder in die Hocke. Ihre Lippen verschluckten meinen Prügel bis zum Ansatz, diesmal nahm sie sich mehr Zeit und schaute immer wieder hoch in meine Augen. Ihre pink lackierten Fingernägel hielten meinen Dong fest in Position, während ihr kleines Köpfchen und ihre hellschwarzen, langen Haare sich vor und zurück bewegten. Nach paar Minuten, als sie anfing, mit ihrer rechten Hand zwischen meine Beine zu greifen und meinen Anus mit zu stimulieren, überschritt ich meine Grenze und zuckte mächtig zusammen, als ich ihr Mündchen mit gutem Saft versorgte.

Diesmal war es zu viel für sie und sie ließ einiges an Sperma aus ihrem Mund herauslaufen. Der Anblick war göttlich. Sie wischte sich sauber, küsste mich und verzog sich wieder. Geil!

Nun ja, es war geil, aber megariskant, was ich da trieb. Magdalena und Andrea kannten sich ja, sich mochten sich. Was ist, wenn die dumme Schlampe sich verquatscht? Oder wenn sie Andrea irgendwann die Wahrheit erzählt? Oder wenn sie unsere Ehe gefährden möchte? Oder wenn die Kinder etwas mitbekämen? Oder Andrea, wenn sie mal früher nach Hause kommt?

Oh Mann, schoss es mir durch den Kopf, so viele Fragen und Risiken, und trotzdem gefiel es mir so. 2 Wochen und 3 Blowjobs später wurde es mir allerdings dann doch zu heiß. Eines Tages rief ich Magdalena vom Office aus an, um mit ihr Tacheles zu reden. „Hey, ich bin's. Magdalena, hast Du ein paar Minuten Zeit? Ich habe etwas mit Dir zu besprechen", begann ich. Sie hatte Zeit.

Also sprach ich über uns und erklärte ihr, dass mir die Ehe mit Andrea heilig sei und das mit uns nur Sex. Das verstand sie. Ich bat sie um Diskretion und Anstand, mir nie ein Messer in den Rücken zu jagen für das, was wir da tun. Sie verstand es. Ich fragte sie, warum sie eigentlich mir den ersten Blowjob im Bad gegeben habe, und sie antwortete: „Ich fand Sie schon vom ersten Tag an sehr attraktiv, und die Situation hat es einfach in sich gehabt."

„Hättest Du Lust auch auf mehr als nur ein Blowjob?", fragte ich sie frech und direkt. „Wie meinen Sie das?" „Na, ich könnte Dich ja auch verwöhnen", lockte ich sie, „und wir könnten ja auch miteinander schlafen, wenn Du das möchtest", lockte ich sie weiter, „es liegt ganz bei Dir, ich bin offen für alles." „Ich auch", hörte ich vom anderen Ende der Leitung, was mich sehr erfreute.

Doch uns beiden war klar, dass dieses „mehr" nicht bei mir Zuhause, sondern woanders stattfinden müsse. Da sie noch bei ihren Eltern wohnte, wollte ich schon ein Hotel vorschlagen, doch just in diesem Moment erzählte sie mir, dass ihre Mum und ihr Dad aktuell auf Weltreise wären und sie sturmfreie Bude habe.

Wir verabredeten uns für einen Samstag, an dem ich ohnehin arbeiten musste, und verschaffte mir bei Andrea ein Zeitfenster von 2,5 Stunden. Nach der Arbeit fuhr ich zu Magda. Sie öffnete und schloss hinter mir. Sofort führte sie mich in ihr Zimmer, das mädchenhaft eingerichtet war. Schnell waren wir beim Küssen, dann beim Knutschen. Ebenso schnell waren wir nackt. Ich betrachtete jeden Zentimeter dieses göttlichen, jungen Körpers und war so dankbar darüber, ein Womanizer zu sein.

Ihre Brüste standen wie eine Eins, ihr Körper war straff und ästhetisch, so sexy, dass mir fast einer abging, vor allem, als ich ihre blitzblank rasierte und duftende Pussy sah und roch. Große Schamlippen verzierten ihren Schlitz. „Was möchtest Du?", fragte ich höflich mein Kindermädchen. „Alles was Du willst", antwortete mir mein Kindermädchen. Und ich wollte Katja alle Ehre machen und die Süße lecken.

Zuerst küsste ich die Brustwarzen, dann ihren Bauch hinab, die Innenseiten ihrer Oberschenkel, schließlich die Schamlips. Als ich meine Zunge hineinsteckte und meine besondere Leck-Technik durchführte, war Polen offen.

Magdalena wusste nicht wie ihr geschah, schon zuckte sie zu ihrem ersten Orgasmus. Mein Gelecke war zu viel für sie, schon kam sie ein zweites Mal. Ein drittes Mal. „Warte mal", rief sie erschöpft, „ich brauche eine Pause. Puh. So wie Du hat mich noch kein Typ geleckt." „Kein Wunder", grinste ich, „die kleinen Jungs haben doch keine Ahnung, wie das richtig geht und was Frauen wollen und brauchen. Ich habe mein Handwerk von der Pike auf gelernt. Lass Dich fallen, Kleine, ich befördere Dich in den Himmel."

Mit diesen Worten züngelte ich sie weiter zu ihren Höhepunkten 4 & 5. Ihre Pussy wurde immer feuchter, ihr Gesicht immer glücklicher. „Wow", keuchte sie und suchte die Normalität wieder. Als sie diese gefunden hatte, kümmerte sie sich um meinen Dick. Diesmal durfte ich liegen und genau dabei zusehen, wie sie mir einen Blowjob der Superlative gab. Mal mit der rechten, dann mit der linken, dann mit beiden Händen streichelte, knetete und wichste sie meine Stange, während ihr süßes Mündchen fleißig leckte, saugte und blies.

Auf einmal hörte sie auf: „Magst Du mit mir schlafen?" „Ja, aber danach. Mach bitte so weiter, ich komme gleich, das ist mega", drängelte ich sie, ihr Werk zu vollenden.

Sie vollendete. Als ich ejakulierte, wichste sie schnell weiter und das ganze Sperma spritzte hoch hinaus und landete auf meiner Brust und meinem Bauch. Sie machte uns sauber und krabbelte eng in meinen Arm. Von Siezen zum Duzen geht durch Sex am einfachsten. So duzte sie mich nun.

„Das ist geiler Sex mit Dir", lobte sie mich und küsste mich sanft. Wir ruhten uns aus und ich besprach erneut die Regeln für dieses Spiel: Andrea erfährt kein Sterbenswort darüber. Die Kinder dürfen nichts merken. Andrea darf nichts merken. Es ist nur Sex zwischen uns. Sie war mit allen Punkten einverstanden.

Das bescherte mir wieder gute Laune und Lust, also erfüllte ich ihr nun den Wunsch des Beischlafs. Sie hatte Kondome da und legte mir ein Genopptes über. Dann durfte ich sie von hinten rammeln. Mein Fick war ihr zu hart, also fickte ich sanfter. Dann durfte sie reiten, zuerst rücklings, dann frontal zu mir. Beides war geiler als geil. Kommen wollte ich als Löffel, also drang ich seitlich liegend von hinten in sie ein und nagelte, bis es mir die zweite Ladung Tropfen rausdrückte. ½ Stunde später saß ich Zuhause am Essenstisch und erzählte Andrea von meinem Arbeitstag.

Zunehmend verlagerten wir das Geschehen in Magdalenas Elternhaus, doch immer mal wieder, wenn sich die Situation bot, blies sie mir einen in meinem Badezimmer, während Andrea weg und die Kinder beschäftigt waren. Und bei ihr wurde viel gefickt.

Einige Wochen später schaute mich meine Andrea eines Abends komisch an und fragte: „Sag mal, was hast Du gestern bei der Magda Zuhause gemacht?" Ich erstarrte. „Wie meinst Du das?", fragte ich innerlich zitternd nach. „Du bist dort gesehen worden, wie Du glücklich das Haus verlassen und ihr einen Kuss gegeben hast." Oh mein Gott. Ist jetzt alles aus? Ich schindete erst mal Zeit und wollte Details für diese Behauptungen wissen.

Die Details waren sehr deutlich, und zwar ein Foto, das mich zeigte, wie ich Magda eng umarmte und küsste. Ob auf Mund oder Backe war zum Glück nicht erkennbar.

Das Foto war unscharf und von der Weite aufgenommen, aber definitiv konnte man mich identifizieren. „Hast Du was mit ihr am Laufen?" Andrea grimmte mich an. Ich musste kreativ sein. „Schatz, ja, das auf dem Foto bin ich. Ich war gestern bei ihr, weil ich was Wichtiges mit ihr besprechen musste, unter 4 Augen." „So nennst Du das also", fuhr meine Frau mich an.

„Darf ich vielleicht mal ausreden?", fuhr ich laut zurück. „Schatz, das ist eine Überraschung. Ich kann es Dir jetzt nicht sagen. Ich war dort gestern, weil ich etwas mit ihr besprochen habe, etwas, was eine Überraschung sein soll für die Kinder und Dich. Das kann ich doch schlecht hier vor den Kiddies oder vor Dir mit ihr besprechen." „Ach ja? Und warum hast Du sie dann geküsst?" „Das war kein Kuss, sondern ein Abschiedsbussi auf die Backe, so wie Du und ich es bei vielen anderen Menschen tun, die wir kennen und mögen."

„Aber Du hast sie fest umarmt, sagte die Augenzeugin." „Vor Freude, weil sie mir ihre Mitarbeit bei der Überraschung zugesichert hat, ist doch nicht selbstverständlich für ein normales 08/15-Kindermädchen." Andrea beruhigte sich langsam.

„Und was soll dann die komische Überraschung sein, bitte schön?" „Hey, die kann ich Dir doch nicht verraten, sonst wäre es ja keine Überraschung mehr", konterte ich und ließ sie dumm stehen. Andrea rannte mir hinterher und nahm mich fest in den Arm. „Tut mir leid, Schatz, ich bin wieder anstrengend, oder?" „Ja, Schatz, wie oft soll ich Dir noch sagen, dass Du diese blöde Eifersucht ablegen musst. Ich habe nichts mit anderen Frauen. Du bist die Einzige. Ich liebe nur Dich", säuselte ich ihr vor, was sie dazu bewegte, mich sofort zu küssen.

Ich wusste, da ist alles wieder in Ordnung, aber ich musste umgehend Magda informieren. Am nächsten Tag rief ich sie sofort aus dem Office an und teilte ihr mit, dass wir uns am späten Nachmittag nicht sehen können. „Warum?", fragte sie naiv.

„Weil wir gesehen und fotografiert wurden vor Deiner Haustüre von einer Freundin von Andrea. Meine Frau hat mir gestern Ärger gemacht, aber ich konnte mich irgendwie rausreden. Ich habe ihr gesagt, wir beide hätten eine Überraschung geplant, die müssen wir natürlich jetzt auch präsentieren, ansonsten geht mir der Arsch auf Glatteis."

Magdalena war kein dummes Kind, sie verstand meine Problematik und dachte leise mit. „Pass auf", fuhr ich fort, „was hältst Du von einem verlängerten Wochenende von Freitag bis Sonntag in einem schönen Berghotel in den Alpen? Du kommst mit, auf meine Kosten natürlich, und bist bei uns, passt auf die Kinder auf, wenn Andrea und ich was alleine unternehmen wollen. Das ist dann sozusagen die Überraschung, die ich mit Dir besprochen habe. Du bekommst natürlich auch extra Geld dafür, sagen wir 200 Euro für die 3 Tage."

„300, ich bin schließlich 24 Stunden dabei pro Tag, also 100 pro Tag." So eine Halsabschneiderin. „Gut, dann bekommst Du 300 dafür", bestätigte ich ihr den Deal und wir fixierten ein Wochenende, von dem ich wusste, dass keiner der Beteiligten irgendwelche Termine hatte. Gleichzeitig erklärte ich ihr, dass weitere Treffen derzeit sehr ungünstig seien, da wir unter Beobachtung stünden. Sie verstand.

Die nächsten 3 Tage war Andrea etwas auf Abstand aus, sie lehnte meine Flirt- und Sexversuche ab, was mich sehr ärgerte. Am vierten Tag versammelte ich meine Crew im Wohnzimmer und machte folgende Verkündung: „So, Ihr Lieben, Papa hat etwas Tolles organisiert, und zwar fahren wir von Freitag bis Sonntag weg." Die Kinder jubelten, Andrea schaute mich mit großen Augen an.

„Und zwar in ein wunderschönes Berghotel in den Alpen. Und die Magda kommt mit, für Euch!", sprach ich John Paul und Anna Lina direkt an, die noch mehr jubelten und mich ganz fest drückten. Andrea kamen Tränen der Freude, und auch sie umarmte mich ganz fest. „Ich habe das mit ihr besprochen, damit wir beide auch Zeit für uns haben können dort", flüsterte ich ihr ins Ohr, worauf sie heftig zu schluchzen begann. „Ich habe wirklich den besten Mann der Welt!" Recht hat sie.

Die Alpen

Das „Braunach Hotel" war meine Wahl. Ich hatte 2 Zimmer gebucht, eines für Andrea und mich, das Nebenzimmer für John Paul, Anna Lina und Magdalena. Eine interne Verbindungstür war vorhanden, sehr praktisch. Wir checkten ein und bezogen unsere Räume.

Sehr schön war es, ein gemütliches Hotel mitten in der Natur gelegen. Magdalena verhielt sich die Fahrt über und hier überaus professionell, es gab keine Anzeichen dafür, dass sie mir vor 1 Woche noch den Schwanz sauber gelutscht hatte. Wir aßen lecker zu Mittag und machten dann einen langen, weiten Spaziergang. Am Abend hatten Andrea und ich dann guten Sex miteinander, alles war wieder friedlich zwischen uns.

Tag 2 begann mit einer bösen Überraschung. Der kleinen Anna Lina ging es mies. Sie kotzte sich die Milz fast raus. Auch John Paul war angeschlagen und hustete kräftig mit. „Lieber zum Arzt", stöhnte Andrea und erkundigte sich per Telefon an der Rezeption nach Möglichkeiten. Das Hotel hatte gute Kontakte und eine Praxis eingerichtet im Südflügel, wohin jederzeit ein Arzt angefordert werden konnte und auch schnell da war.

„Ich gehe", bot ich Andrea an, doch sie wollte persönlich ihre beiden Kinder checken lassen. Mutterinstinkt halt. Magda bot sich an, mitzugehen, doch Andrea meinte, sie werde das alleine übernehmen, wir beide sollten doch einen Spaziergang in der Zwischenzeit machen oder so. Zusammen gingen wir los, wir brachten Andrea und die beiden Kranken in die Praxisräume im Südflügel, wo im Wartezimmer auch noch eine andere Familie saß mit noch kränkeren Kindern.

„So in 20 Minuten ist der Doktor da, und dann ist zuerst Familie Mullerhut dran, dann Sie", erklärte uns die nette Mitarbeiterin des Hotels. Nett war sie, vor allem hübsch. Ich schätzte sie auf Ende 20. Typ Heidi Klum in jung. Elegant und sexy, nur halt nicht so erfolgreich wie Heidi. Ich küsste Andrea Glück und meinte:

„Gut, Magda, dann drehen wir solange eine Runde. Wir schauen in einer ¾ Stunde vorbei, ja?" „Ja, Schatz", nickte Andrea und konzentrierte sich auf Husten 1 und Husten 2. Magda und ich bogen ums Eck, schauten uns an und rannten so schnell wir konnten in das Kinderzimmer.

Blitzschnell war meine Hose unten und Magda blies mir sowas von einen. Mit höchstem Talent befriedigte sie meine Triebe mit Hand und Mund, bis ich in ihren Mund kam. Höchstens 5 Minuten hatte es gedauert, wir hatten also noch Zeit. Also sollte auch das Kindermädchen auf ihre Kosten kommen. Ich leckte sie zu 2 schnellen Orgasmen, dann eilten wir rasch aus dem Zimmer und raus ins Freie.

„Das war geil, danke", lächelte sie mich an. „Ja, fand ich auch", lächelte ich zurück, doch mehr Nähe durften wir uns hier in der Öffentlichkeit nicht geben. Pünktlich schauten wir in der Praxisecke vorbei, wo John Paul und Anna Lina gut versorgt wurden und dann mit uns zusammen zurück in die Zimmer gingen. Magda bot sich als Kindermädchen an, um Andrea und mir einen schönen Tag zu ermöglichen. Gerne sagten wir zu und entschieden uns für einen Wellness-Besuch im Hallenbad mit Sauna und Hamam.

Andrea und ich schwammen paar Runden, dann ließen wir die Düsen arbeiten und relaxten im Whirlpool. Die Sauna war eine Bio und roch gut nach Orange. Und Hamam liebe ich sowieso, wenn einem das Wasser über den Körper läuft, einfach traumhaft.

Nach 2 Stunden kamen wir gut erholt zurück und trafen auf eine ebenso relaxte Magdalena, die ein Buch las, während die beiden Kinder schliefen. „Das war genial", strahlte Andrea, „magst Du nicht auch Wellness machen?", fragte sie Magda, die sofort nickte. „Darf ich?" „Natürlich", meinte Andrea freundschaftlich und erklärte ihr, was wir soeben erlebt hatten.

Die Magda packte ihre Badeklamotten und verließ uns. „Danke für alles", umarmte mich Andrea und küsste mich brav. Plötzlich drückte sie mich weg. „Mist, ich muss noch Medikamente besorgen fahren, habe ich glatt vergessen. Scheiße!", und zückte einen Zettel, den der Arzt ausgestellt hatte.

Darauf standen 2 Hustenpräparate für Kinder, die John Paul und Anna Lina täglich mehrmals einnehmen sollten. „Lass, ich organisiere das", bot ich ihr großzügig an. „Du musst aber runter in den Ort fahren, dort hat eine Apotheke noch bis 18 Uhr offen heute."

„Keine Sorge, ich erledige das", beruhigte ich mein aufgeregtes Mäuschen und verließ mit dem Zettel das Zimmer. An der Rezeption erkundigte ich mich nach der Apotheke und erfuhr, dass diese 30 Minuten entfernt sei. Mist. „Entschuldigen Sie, Sie brauchen etwas aus der Apotheke?", hörte ich eine sanfte Frauenstimme sagen. Ich drehte mich um und sah die Mitarbeiterin Heidi 2.

„Ja, meinen Kids geht es nicht so gut, die brauchen das hier", erklärte ich und hielt ihr den Zettel hin. „So ein Zufall aber auch, beides habe ich hier", strahlte sie. „Hä, wie kann das denn sein?", fragte ich nach. „Wissen Sie, ich habe 1 Sohn im selben Alter in etwa wie Ihrer, und der hat auch ständig was. Da ist man gut ausgerüstet."

„Ah", nickte ich und war erleichtert. „Wenn Sie mögen, dürfen Sie je 1 Flasche Hustensaft von mir haben. Ich bin jetzt auch nicht mehr im Dienst, meine Schicht hat vor 10 Minuten geendet. Wir können schnell gehen." „Wohin?" „Na, in mein Zimmer, ich habe hier ein eigenes, dort sind die Sachen gebunkert." Was für ein Zufall! Ich war glücklich und bedankte mich herzlich bei ihr. „Sie sind ein wahrer Engel, vielen Dank!"

Wir mussten ein paar Minuten laufen, bis wir in ihrem Zimmer waren. Ich erfuhr, dass sie seit ihrer Ausbildung dem Hause „Braunach" treu war. „Und Sie sind hier mit Ihren 3 Kindern?", fragte sie mich neugierig. „Nein, ich habe 2. Die 18-Jährige ist das Kindermädchen." „Aha", kapierte sie und suchte nach den Medikamenten. „Setzen Sie sich solange, ich muss sie noch suchen", entschuldigte sie sich und bückte sich mehrmals aufreizend dabei, wobei sie mir ihren zierlichen Hintern entgegenstreckte.

Ich musterte sie. Sie gefiel mir sehr. Ihre langen, blonden Haare verzierten ihr schönes Gesicht, ihre Figur war der Hammer, ihre Beine lang und gut geformt.

„Aha", rief sie erfreut und präsentierte mir die beiden Hustensäfte für meine Kids. Sie übergab sie mir so, dass sich unsere Hände berühren mussten. Mir war klar, sie wollte was von mir, oder bildete ich mir das nur ein? „Vielen Dank, gnädige Frau. Wieviel soll ich Ihnen dafür geben?", fragte ich sie höflich und zückte mein dickes Portemonnaie. „20, 30 oder 40 Euro?" „Ach was, lassen Sie stecken", lächelte sie mich an, „wir können das auch anders regeln."

„Wie denn?", fragte ich dumm. „Naja, wenn Sie mögen, revanchieren Sie sich doch mit einem Fick." Wie bitte? Hatte ich richtig gehört? „Wie war das?", fragte ich ungläubig nach. Sie schmiss ihre Haare nach hinten, setzte ihr verführerischstes Lächeln auf und wiederholte: „Sie haben mich schon verstanden. Ich sagte: Revanchieren Sie sich doch, wenn Sie wollen, mit einem Fick."

„Wie kommen Sie darauf, dass ich das wollen oder tun würde?", reizte ich sie. „So etwas sehe ich doch sofort", grinste sie. „Ich kenne Männer in- und auswendig. Ich sehe sofort, wie ein Mann tickt. Ob er seiner Frau treu ist, oder nicht. Ob er ein Womanizer ist, oder nicht. Ich sehe das. Und ich stehe auf solche Typen, die es darauf anlegen, die diesen gewissen Blick haben. So wie Sie mich gestern angesehen haben, war mir sofort klar, dass Sie so einer sind. Also, Lust auf einen Quickie?"

Nun ja, Zeit hatte ich ja noch. Wäre ich in die Stadt runtergefahren zur Apotheke, hätte ich mindestens 60 Minuten gebraucht. Bis jetzt waren erst 15 vergangen, also hatte ich noch 45 übrig. „Sie sind mir vielleicht ein schlimmes Luder", hauchte ich ihr zu und zog meine Jacke aus. Das war für sie der Startschuss, sich auszuziehen. Zum Vorschein kam ein Frauenkörper der Luxusklasse. Gemachte Hupen hatte sie, das sah ich sofort. Und einen gemachten Schamhaarstrich, der senkrecht den Weg zur Himmelspforte wies.

Die Namensunbekannte zog mich zu sich aufs Bett und zog mich dabei aus. „Fick mich", knabberte sie an meinem Ohr entlang und reichte mir 1 Gummi, das ich mir selbst überzog. Richtig steif wichsen musste ich ihn gar nicht erst lassen, denn das war er schon längst.

In der Ich-auf-ihr-Stellung legten wir los. Ich steckte ihn tief in ihre saftige Möse und begann eifrig, Presslufthammer zu spielen. Das gefiel ihr. Nun wollte sie das Kommando übernehmen und kam auf mich drauf. Reitend jodelte sie sich einen ab und erlebte auf mir 2 heftige Orgasmen, wobei der zweite ihre Pussy derart verengte und pulsieren ließ, dass ich unweigerlich kommen musste.

Ich stöhnte meine starke Lust ins Kondom und war äußerst befriedigt. „Wie lange bleibt Ihr noch?", fragte sie mich beim Anziehen. „Nur bis morgen." „Schade, dann war das wohl unser einziger Sex, ein klassischer One Day Stand." Ich nickte hastig, küsste sie Goodbye, nahm die Medikamente und verschwand.

Dank dieser ging es Anna Lina über Nacht schnell besser, und am nächsten Tag war nach dem Frühstück leider schon die Abreise dran. Braunach ade. Ein paar Wochen später hieß es dann leider auch Kindermädchen ade. Magdalena verließ uns so schnell, wie sie gekommen war. Ich behielt sie in guter und geiler Erinnerung.

Buch-Tipps vom Womanizer

The Womanizer
Ich, der Fremdgeher 1
Die Abenteuer des Womanizers

Sex, Erotik, Liebe, Lust & Leidenschaft – dies ist die spannende Geschichte, die Autobiografie des Womanizers, eines Mannes, der seinem Leben keine Grenzen setzt und sich alle sexuellen Wünsche und Träume erfüllt.

Obwohl er glücklich in einer Beziehung mit seiner Freundin Andrea ist, die er über alles liebt, gönnt er sich alle Freiheiten, um das zu genießen, wovon andere Männer träumen. Er erlebt fantastische Abenteuer ebenso wie böse Reinfälle, heiße Affären, Sex mit 3 Frauen gleichzeitig, Erpressung, Glück und Leid in Beziehung und One Night Stands.

Erfahren Sie mehr über den Mann hinter der Maske und sein Leben. Fantasien werden Wirklichkeit, Wünsche wahr.

Ich, der Fremdgeher 1 ist ein hochexplosives und spannendes Werk, das den Leser fesselt, anregt und erregt. 63 Kapitel voller Sex, Lust und Leidenschaft. 200 Seiten pure Erotik.

Doch auch Schuld und Moral spielen eine Rolle. Immer wieder hinterfragt er sein schändliches Treiben und will seiner Freundin treu bleiben, doch die Lust ist zu groß und die weiblichen Reize sind zu stark ... und so stürzt er sich in das nächste Abenteuer.

Ein Buch, über das Sie noch lange sprechen werden!

ISBN 978-3-8423-2186-1
Books on Demand

Buch-Tipps vom Womanizer

The Womanizer
Ich, der Fremdgeher 2
Neue Abenteuer des Womanizers

Dies ist Teil 2, die prickelnde Fortsetzung der spannenden Lebensgeschichte des Womanizers, eines Mannes, der seinem Dasein keinerlei Grenzen setzt und sich alle seiner sexuellen Wünsche und Träume erfüllt.

Obwohl er mittlerweile glücklich verheiratet und stolzer Vater eines Sohnes ist, gönnt er sich die Freiheiten, um das zu genießen, wovon andere Männer nur träumen. Er erlebt fantastische Abenteuer ebenso wie böse Reinfälle, heiße Affären, Glück und Leid in Beziehung und One Night Stands.

Erfahren Sie alles über den Mann hinter der Maske und sein geniales Leben. Fantasien werden Wirklichkeit, Wünsche wahr.

Ich, der Fremdgeher 2 ist ein explosives und reizvolles Werk, das den Leser fesselt, anregt und erregt. 35 Kapitel voller Sex, Liebe und Leidenschaft, 200 Seiten pure Erotik, das ist die fantastische Welt des Womanizers.

Doch auch Schuld und Moral spielen eine Rolle. Immer wieder hinterfragt er sein schändliches Treiben und will seiner Frau treu bleiben, doch die Lust ist zu groß und die weiblichen Reize sind zu stark ... und so stürzt er sich in das nächste Abenteuer.

Die geniale Fortsetzung von Ich, der Fremdgeher 1. Ein Buch, das Sie nicht mehr loslassen wird, denn tief in Ihnen stecken auch der Trieb, die Lust, die Gier auf Erfüllung aller Ihrer sexuellen Wünsche und Fantasien.

ISBN 978-3-8448-7446-4
Books on Demand

Buch-Tipps vom Womanizer

The Womanizer
Ich, der Fremdgeher 3
Die letzten Geheimnisse des Womanizers

Dies ist Teil 3, der prickelnde Abschluss der Trilogie über das einzigartige Leben und Wirken des Womanizers, eines Mannes, der sich, trotz hübscher Ehefrau und zweier wundervoller Kinder, außertourlich alle seine sexuellen Wünsche und Träume erfüllt. Dabei erlebt er das, wovon andere Männer nur träumen.

Diesmal u.a.: Sex mit den blutjungen Animateurinnen Grit und Hanna, spannende Abenteuer in der Glory Hole Bar, eine heiße Romanze mit PR-Marketing-Lady Ella, der fantastische Vierer mit den US-Girls Chloe, Madison und Stella, Kindermädchen Magdalena auf Extratour, Erotikmassagen der göttlichen Luisa, Jugenderinnerungen an Raliza, Techtelmechtel mit Praktikantin Aiko, Reinfall mit Frauke, Oh Julia, Andreas geheime Kiste, Ü-50erin Sabrina, Playboy-Lifestyle mit den Hostessen Torrie und Whitney, die scharfe Kerstin u.v.m.

Ich, der Fremdgeher 3 ist ein explosives und reizvolles Werk, das den Leser fesselt, anregt und erregt. 34 Kapitel voller Sex, Liebe und Leidenschaft, 200 Seiten pure Erotik, das ist die extravagante Welt des Womanizers.

Die geile Fortsetzung von Ich, der Fremdgeher 1 & 2. Ein Buch, das Sie nicht mehr loslassen wird, denn tief in Ihnen stecken auch der Trieb, die Lust, die Gier auf Erfüllung aller Ihrer sexuellen Fantasien.

ISBN 978-3-7460-1524-8
Books on Demand

Buch-Tipps vom Womanizer

The Womanizer
Sex Bomb
100 Tricks, Frauen ins Bett zu bekommen

DER PLAYBOY TRICK * DER PIANIST TRICK * DER FEUERWEHRMANN TRICK * DER BABYSITTER TRICK * DER 6 RICHTIGE IM LOTTO TRICK * DER BILLARD TRICK * DER MAGISCHE ZETTEL TRICK * DER KINO TRICK * DER HUNDEHALTER TRICK * DER ROTE ROSEN TRICK * DER BARMANN TRICK * DER ZAUBER TRICK * DER CHEFREDAKTEUR TRICK * DER JUNG-FRAU TRICK * DER SPIONAGE TRICK * DER SCHLITTSCHUHLÄUFER TRICK * DER PORNODARSTELLER TRICK * DER MASSEUR TRICK * DER VERFLOS-SENEN TRICK * DER SCARY MOVIE TRICK * DER BUCHAUTOR TRICK * DER FUSSBALLSPIELER TRICK * DER BLIND DATE TRICK * DER KOLLEGIN TRICK * DER FOTOGRAF TRICK * DER GIPS TRICK * DER KONZERT TRICK * DER WETTE TRICK * DER REPORTER TRICK * DER SAUNA TRICK * DER KAMASUTRA TRICK * DER CHARLIE SHEEN TRICK * DER SCHLANGEN TRICK * DER WETTBEWERB TRICK * DER AMATEURPORNO TRICK * DER RESTAURANT CHEF TRICK * DER GEBURTSTAGSPARTY TRICK * DER UM-ZIEH TRICK * DER SCHÖNE FRAU TRICK * DER SHOPPING TRICK * DER CALLBOY TRICK * DER XXL-KONDOM TRICK * DER EBAY TRICK * DER EBAY DELUXE TRICK * DER BETTENKAUF TRICK * DER POKER TRICK * DER ANNA TRICK * DER MASKENBALL TRICK * DER EINKAUFS TRICK * DER EX ONE NIGHT STAND TRICK * DER DJ KUMPEL TRICK * DER POR-SCHE TRICK * DER BORDELL CASTING TRICK * DER BORDELL CASTING DELUXE TRICK * DER SEXSHOP TRICK * DER STILLE TRICK * DER E-MAIL TRICK * DER FACEBOOK PARTY TRICK * DER JOGGER TRICK * DER THER-MEN TRICK * DER ROBINSON CLUB CAMYUVA TRICK * DER 25 ZENTIME-TER TRICK * DER SALTO TRICK * DER TRAUM TRICK * DER COACHING FÜR SINGLES BUCH TRICK * DER 5 DVDS ZUR AUSWAHL TRICK * DER STRAPSE TRICK * DER MASSAGEKURS TRICK * DER VISITENKARTEN TRICK * DER WITZE TRICK * DER TAGEBUCH TRICK * DER VIBRATOR TRICK * DER SPIRITUELLE TRICK * DER TANZ TRICK * DER WELTREKORD TRICK * DER POLEN TRICK * DER 10 MINUTEN TRICK * DER VERLASSE-NEN TRICK * DER PFIFFIGE TRICK * DER SCHLAF MIT MIR TRICK * DER SCHAUSPIELFREUNDIN TRICK * DER GANZKÖRPERMASSAGE TRICK * DER FLOATING TRICK * DER ZUCKERWATTE TRICK * DER BUTLER TRICK * DER KÄLTE TRICK * DER PROMIFOTO TRICK * DER STEWARDESS TRICK * DER RETROSPEKTIVE TRICK * DER KUMPEL TRICK * DER CHEF TRICK * DER KAJAK TRICK * DER SCHWESTER TRICK * DER WEIHNACHTSMANN TRICK * DER PUTZFRAU TRICK * DER GESCHENK TRICK * DER SPRICH MICH AN TRICK * DER SADOMASO TRICK * DER ZAHLEN TRICK * DER SPEED-DATING TRICK

ISBN 978-3-8448-0574-1
Books on Demand

The Womanizer Buch-Tipps

The Womanizer
Meine heißesten Sex-Abenteuer

The Womanizer präsentiert seine allerheißesten Sex-Abenteuer! Nach dem großen Erfolg seiner Bestseller Ich, der Fremdgeher Band 1-3 ist dies das nächste Meisterwerk des Mannes, der bereits über 1.000 Frauen im Bett hatte und als Casanova und Don Juan des 21. Jahrhunderts in die moderneren Geschichtsbücher eingehen wird.

Hier schildert er seine geilsten und heißesten Sex-Erlebnisse der letzten 10 Jahre seines aufregenden Lebens und Tuns: Barbara, Teresa, Mary, Iris, Tammy, Rimma, Caro, Lucy, Paula, Jenny, Gabi, Denise, Raliza, Katja, Angie, Anja, Jana, Celine und Alicia heißen die Damen, die The Womanizer für dieses Best of ausgewählt hat.

Jedes dieser Abenteuer zählt zu seinen Favourites. Tauchen Sie ein in die Welt und den Körper des Womanizers und erleben Sie mit ihm seine heißesten Sex-Abenteuer – live und hautnah, uncensored und geil, prickelnd und erlösend.

Spüren Sie die Zärtlichkeiten, den Sex, die Erotik, die Lust und die Leidenschaft, die dieses Buch zu einem interaktiven Lesevergnügen machen. The Womanizer wünscht Ihnen viel Freude mit Meine heißesten Sex-Abenteuer!

ISBN 978-3-8448-1952-6
Books on Demand

The Womanizer Buch-Tipps

The Womanizer
SEXSÜCHTIG!
(M)EINE FRAU IST NICHT GENUG

(M)EINE FRAU IST NICHT GENUG – das ist die Philosophie, das Lebensmotto des Womanizers!

Nach seinen vielen Bestseller-Büchern präsentiert der Playboy des 21. Jahrhunderts nun sein vorerst letztes Werk *SEXSÜCHTIG!,* in dem er die wundervolle Beziehung zu seiner Frau Andrea beschreibt und gleichzeitig über seine besten und geilsten Seitensprünge intimst Auskunft gibt.

Erfahren Sie mehr über den Mann, der über 1.000 Frauen im Bett hatte, und seine heißen Sex-Abenteuer mit Isabel, Simone, Carmen, Melly, Sandy, Samira, Michèle, Bianca, Lena, Silke, Lolita und Wendy. Megaerotisch und anregend sind seine Schilderungen von Liebe, Sex und Zärtlichkeit, Lust und Leidenschaft, Gier und Verlangen.

(M)EINE FRAU IST NICHT GENUG – der Drang nach neuen Erfahrungen, nach jungen, schönen Körpern und tabulosen Mädels ist groß. Und die Mädels sind willig.

The Womanizer nimmt sie gerne, aber nur die Besten! Und was die so alles können, erfahren Sie in diesem Buch!

ISBN 978-3-8482-0035-1
Books on Demand

The Womanizer Buch-Tipps

The Womanizer
Sexy!
Memoiren eines Playboys

Tauchen Sie ein in eine Welt voller Lust, Leidenschaft, Sex und Erotik! The Womanizer präsentiert seine Memoiren und berichtet von seinen geilsten Sex-Abenteuern mit blutjungen, bildhübschen 18-jährigen Mädchen bis hin zu 43-jährigen, reifen Damen.

Sie alle sind ihm hilflos verfallen und finden einen Ehrenplatz in diesem spannenden Werk, das durch intimste Schilderungen und faszinierende Erlebnisse überzeugt.

„Sexy!" ist ein interaktives Lesevergnügen – The Womanizer erzählt seine Begegnungen hautnah und lebendig, als wären Sie persönlich dabei. Freuen Sie sich auf 24 Ladies und ihre Traumkörper, ihre Lust und Gier nach einem Mann, der sie glücklich macht.

Anhand seiner extraorbitanten Leistungen ist The Womanizer zweifelsohne DER Playboy des laufenden 21. Jahrhunderts! Wir sagen: Viel Spaß beim Lesen und Genießen dieses Buches!

ISBN 978-3-8482-0153-2
Books on Demand